誰是我的守護天使

Colin 牧童——著

主要人物

江竹鈴／社福系超級正妹、大班花一朵。心地善良、有正義感，童年不幸福，成長自破碎的家庭，為了保護自己，變得很有個性、對很多事都堅守原則，成為執念甚深的原則系女孩。不屈從於別人的眼光，煩心於別人對自己的誤解，受了屈辱經常沒人能傾訴；但自從在圖書館與手帕男孩邂逅後，她的人生有了美麗的轉變。

文　曲／暗夜送暖的法律系男孩。心地善良、有正義感，與江竹鈴的個性相彷。心中藏有一個與竹鈴有關的祕密。

秦勝華／花心富家大少爺，以獵豔為樂。被傳說與竹鈴是校園裡最速配的一對，對竹鈴用盡一切浪漫方法追求，暗地裡卻是劈腿幫的幫主。

廖曉雨／小萌女一枚。竹鈴的同學、室友、可談心的好姊妹。原本自己陷入情傷，經由竹鈴的加持，得到圓滿的幸福，卻也無意中發現文曲的大祕密。

左子謙／美正太一枚。竹鈴、曉雨的同學。暗戀竹鈴，也是發現小天使的重要人物。

蘇詩雅／短髮美女。竹鈴的同學、室友。身材火辣，人緣極佳，熱衷於聯誼活動。對於竹鈴的執念經常嗤之以鼻，有時也與竹鈴為敵。

袁芫媛／胖子界的久令。竹鈴的同學、室友。生性與食量都超樂觀，專長為插科打諢與睡覺。經常苦於無帥哥可交往。

目次

開卷話

「真的是他？」我忍不住叫出聲。

「是……他。」曉雨點點頭，語氣微顫。

這兩個字如同兩聲槍響，在腦門和心房上點染出暈眩的紅花。

這種答案，瞬間讓飄在空氣裡的懸念變成殘念，卻也讓困在謎霧中的迷茫得到光芒。

同時而來的兩種衝擊力實在太大，我的心臟無法忍受，伸出手想要扶住些什麼，才能避免搖晃感讓我往地上傾斜。

曉雨趕緊抓住我的手臂：「妳還好吧？振作呀……」

這是怎麼一回事……

是玩笑？還是事實？

是宿命？還是救贖？

我大力吸一口氣，蹲了下來，低著頭壓抑著快要突破一百二十的心跳時速。

「妳確定是他……？」

「應該是。」

我抬起頭：「應該是？那也就是說有可能不是？」

曉雨看著我，不語；但她的表情給的答案似乎仍然肯定是。

那是無奈、不捨、同情、支持融在同一個杯子裡的複雜表情。

怎麼會這樣——！

要振作。要振作。

再吸一口氣，努力站起來，開始整理紛紛亂亂的思緒。不管命運像華岡的風雨雲霧一樣如何縹緲詭譎，我江竹鈴都要抬起頭，勇敢面對。

我往曉峰館的閱覽室走去，步履艱難，但現在只有那個地方才能如往常一樣，讓我得到平靜。

「妳去哪裡？」

「不必擔心，我很好。」我舉起手，阻止曉雨跟過來；這時的我需要的是一個人冷靜，來想清楚這一切到底是怎麼發生的。

下課鐘聲響起，許多人步出教室，踏進華岡如畫的校園。嘻笑喧鬧的聲浪襲耳，迎面而來的每個人都好像心情亢奮、輕鬆愉悅。

世界彷彿只有在基督大道上拖著步子的我，頭上頂著孤獨的烏雲。

我進到閱覽室，在那個固定的位置拉開椅子。
他的座位上，書在，人不在。
我輕撫微疼的太陽穴，開始回顧這個事件的開始。
該從心理學的那堂課開始說起吧；嚴格說起來，始作俑者是孫蕙芳老師。

第一話

噹噹噹噹、噹噹噹噹。上課鐘聲迴盪耳邊。我已從大功館旁的老子大道上起身，目光卻還貪婪地緊抓著天際飄來的白雲，捨不得移走。

霧氣迎面拂來，溜進鼻腔裡，融著清新。才幾秒的時間，我已置身一片由億萬隻白色小精靈組成的霧氣之中。從山下看，整個華岡應該像仙宮一般遁進雲海裡；而我，想像自己是仙境中的小仙女。

好多好多的白色小精靈圍繞在仙女身邊跳躍，仙女的心情也在跳舞。

我是以第一志願考進這所學校，只因聽說，校區在雲來的時候，像傳說。

我喜歡傳說。傳說都很美。

像我這樣美美的，在美美的仙境傳說裡唸書，怎麼想都美美的。

我快步跑上大恩館；在教室門口遇到廖曉雨。

廖曉雨也是我的室友。齊眉的瀏海下有大大的眼睛、大大的瞳，微翹的上唇、精緻的鼻骨，身形苗條嬌小。第一天搬進大慈館的宿舍，正在擦拭書桌時，聽到一個細細的娃娃音：「請問請問，這裡是209室嗎？」，我抬頭，就看到寢室門口站著這位磁器娃娃。她的媽媽也出現在身後，一樣有禮貌：「打擾了，我們曉雨要來給妳添麻煩了。」

廖媽媽親切又自然，告訴我她的曉雨來自台南，個性好傻好天真，喜好大自然，愛護小動物，所以她很擔心曉雨來複雜的台北會被騙、被欺負，希望身為同學及室友的我能幫她照顧曉雨。

經常以女俠自居的我，笑著點頭答應，毫不遲疑。

廖媽媽離開時，曉雨的眼眶還掛著圓滾滾的水珠，不捨的，依賴的。而廖媽媽給我的那個笑容，滿滿的放心，滿滿的期待；我到今天都還記得。

我一直記得廖媽媽的笑容，所以開學才幾天，我們就變成無話不談的好姊妹。

「嗨，竹鈴，妳去哪了？」

「看雲。妳呢？」

「直屬學長帶我去書城買書。」

我們一同進入教室，在第二排找了空位坐下。

孫老師還沒進來。同學們窸窸窣窣。

「班上哪個女生最正？」

「我們班？哪有像女生的女生？」

「哇，你眼光太高了吧，那個陳綺安不錯呀，還有凌學琪也很正。」

「要不就是鄉下土妹，要不就是發育不全，我都沒興趣。」

「太囂張了吧，你嫌人家，搞不好人家還嫌你咧。」

「是你搞不清楚，你早兩年認識我就會羨慕我，不會認為我囂張了。去我唸的高中問一下，籃球校隊隊長同時又是劍道社社長是誰。」

「是你？聽起來很屌。不過，長得帥不表示把妹也行吧。」

「要不要打賭？系花我一定追到手。」

「班上公認的班花先追到再說吧。賭什麼？」

「一場電影。」

「再加一客牛排。」

「輸了要服，不服那裡就爛掉！」

這大大的臭屁狂，雖然講得小小聲，但是全部傳進我和曉雨的耳裡。是誰呀……

我快速回頭偷瞄：確定是身高一百八十五的秦勝華。和他打賭的是綽號賭聖的郭倍。

我附在曉雨耳邊：「是第一次開班會時，自我介紹說歡迎同學搭他的賓士跑車去他家開趴踢的那個巨人。」

「說自己是情聖的那位大哥？」

「嗯。情聖與賭聖對賭。」

「嘻嘻。」

手長、腿長，薄唇、挺鼻，濃眉下的眼睛銳利，一身奈奇夾克，雙腳朴馬紀念款，很像灌籃高手的酷型男，居然是個討人厭的自大傢伙。

「起立！」班代張淑卿的聲音蓋過窸窸窣窣。「敬禮！」

在講桌上放下厚厚的原文書，先給大家一個微笑。嬌小的身形反身在黑板上寫下：孫蕙芳。

很好聽的名字、很親切的微笑；南加州大學心研所高材生畢業，第一年執教。孫老師拋出來的第一個問題是：來修心理學的目的是什麼？

「為了順利畢業！」朱紹宏搶先回答，引得哄堂大笑。看來他已經決定朝諧星路線發展。

「怎麼才剛進大學就想著畢業？」孫老師苦笑道：「大學四年有太多的東西值得各位去發掘、體會，說不定到時你們會捨不得畢業哦。」

將來要當心理醫師。學習談戀愛的技巧。了解老爸和老媽為什麼總愛吵架。搞懂漢尼拔為什麼要吃人肉。失戀時用來療情傷。作生意時增加談判能力。探討為什麼男生總是喜歡看A片。想要認識佛洛伊德。學習控制自己的脾氣。研究在什麼樣的心情之下才能把最多的美食吃下去。想要知道初戀女友甩掉自己時到底在想些什麼。很想了解為何百貨公司的周年慶總能吸引這麼多人瘋狂刷卡。

大家此起彼落地舉手發言。各種千奇百怪的理由都有。

孫老師看來很開心。「很好。各位同學，你們剛剛所說的，都能在這門課裡學到。但是有沒有哪位同學能總結的告訴我，心理學到底能讓我們學到什麼？」

教室裡頓陷寂靜。

孫老師用期待的眼光看著我們。

我靈光一現，沒自信地小聲道：「認識別人，了解自己。」

「咦？是哪位說的？請大聲一點。」

整個教室的目光都投射過來。我只好提高音量：「認識別人，了解自己。」

「很好！這就是心理學最大的價值與功能。我相信妳會修得很好。」孫老師的語氣裡寫著滿意。「但是，為了能讓各位在最短的時間裡，經由活動實驗體會心理學的重要性，我們將以一個學期的時間，用一個遊戲來帶領各位進入心理學的殿堂。」

「遊戲？」張淑卿疑惑問，也是代表全班同學的疑問。

「嗯，是的。」孫老師睜大了眼，朝天伸直右手食指：「不要小看遊戲，遊戲在心理學的領域裡，可是有治療功用的呢。」

我想修心理學的興趣，從孫老師的這句話開始被挑起。

「我們要玩小天使與小主人的遊戲。」孫老師宣布。

「蛤……」

「這遊戲我在國小就玩過了，沒聽過和心理學有關吧……」

「這是一種心理測驗嗎……」

此起彼落的質疑聲低低地傳開。

孫老師還是維持一貫可掬的笑容，宣布遊戲規則如下：

第一，經由抽籤，決定自己的小主人是誰，自己就是要擔任這位小主人的小天使。當然，自己也會成為別人的小主人。

第二，小天使的任務，就是默默的關心、照顧小主人，而且不能被他發現你的身分，只能在身邊不時守護著他，所以必須用暱名。至於關心的方法可以是有形的、無形的，只要認為能表現你最佳的心意即可。

第三，別人可以知道誰是誰的小天使，也可以幫助其他的小天使關心他的小主人。但是最重要的就是每個人都有協助小天使隱藏身分的保密義務。

第四，學期結束時，要交一篇報告，內容包括自己對小主人的觀察心得，以及自己被小天使照顧的過程感想。

第五，為了保密以及確實用心投入，一律不准用手機簡訊、電子信箱，以避免人肉搜索破壞遊戲目的。小主人的期末報告必須附上小天使關心你的證據，如書信、禮物等。若自己小天使的身份被發現、害別人天使的身分被發現，或是違反規定使用簡訊、電郵，期末成績都要被扣分。

「蛤！要一直保密到期末，這太難了吧！」

「還不准用手機？老師，我的銘言就是機在人在、機亡人亡呀……」

「還要被扣分，會不會被當掉呀？」聽到遊戲的結果要被列入成績，教室裡一片無病呻吟聲。

「至於從這個遊戲，可以學到的心理學理論課題，其實都會在這一學年的課程裡陸續告訴大家，請各位用心學習、努力印證，這樣才會有最深刻的收穫。所以，希望各位不要蹺課喲。」

孫老師從她的大包包裡取出一個小餅乾鐵盒，然後環視全班：「請按學號順序上來抽號碼紙籤，抽到自己學號的請放回去重抽。」

大家開始照學號上台抽籤。全班共有56位同學，正好是偶數，所以每個人都會成為別人的小主人，也會是關懷別人的小天使，不會有人落單。

「那麼，遊戲就從現在開始！」抽籤結束，孫老師再一次環視全班，最後視線不經意落在我的臉上；「祝各位在這個遊戲中找到成長與幸福啦。」

下課後，到大雅館餐廳吃午餐，遇到學姊駱薇薇。

她拉著我和曉雨一起坐。

駱薇薇是我大二的直屬學姊，講起話來輕聲細語，聊天時若是有感而嘆，語調彷彿寂靜的空山裡傳來美女精靈的輕哼小曲，超有氣質的。她的男友是大三的直屬學長米映君。因為米學長高大帥氣，有禮又體貼，所以駱學姊能和米學長在一起，是系上人人稱羨的系對。我常常感染她的幸福氣息，每當聽到有人提及他們，我總是以身為直系家族的一員，驕傲地搶道：薇薇學姊是我的直屬學姊哩！

「這樣啊？」學姊聽我講完心理學的上課情形後，目光眺向遠方的觀音山巒；「我大一時的心理學老師出國深造了，所以這位新來的孫老師我沒遇到，不了解她的上課風格。不過，聽起來應該會是個很有趣的活動，若能因此能讓竹鈴有人照顧，我也比較放心呢。」

學姊乾淨、幽雅的話語中彷彿別有他意，我連忙道：「哦，我可不想那麼早交男友呀。」

「妳國中、高中不是都唸女校？也是到了該談談戀愛的年紀了吧。」

「不是啦，是班上都是女生而已嘛。而且，人家才十八歲，被學姊說得好像已經到了適婚年齡……」我嘟起嘴唇。

學姊淡淡一笑，「二十八歲可是從十八歲開始出發，而且是以高速鐵路的速度，很快就到了的喲。」

「啊？」

「對呀，戀愛學分也是大學生必修的嘛。」曉雨這丫頭竟然插嘴。

「那，也要遇得到像學長那麼好的呀。」

學姊抿嘴，一朵紅暈在雙頰綻開。

「而且，我覺得自己也沒學姊這麼優，所以，有很多要學習的。」

「學習？感情的事三分理性就好，七分是感覺。」學姊笑道，彷彿在對幼稚園大班的孩子說話；「學習成績一百分，不保證幸福也一百分的。」

當時的我，覺得學姊說的真有哲理。

所謂哲理，一般也就是很難了解的道理了。至少當時的我是這麼覺得。

午餐後回到寢室，蘇詩雅已經坐在書桌前了。

我們湊過去看她的電腦螢幕。

「哇，寢室聯誼？」曉雨和我不約而同叫出；「是什麼？」

「我的一個高中同學來Email說他住在男生宿舍，一群如狼似虎的室友聽說我們學校多美女，想要辦一場寢室聯誼。」

當時懵懂的我，經由詩雅的說明，才知道大學校園裡還有這種活動。

對方也是２０９室，成員也是四個。

對方約在淡水騎腳踏車，說什麼都是帥哥團的。

看來詩雅好像覺得很有趣，不過我可是意興闌珊。

我考進社會福利系，就是以考上社工師為目標，所以我對於所謂聯誼，覺得與考試無關，甚至認為有些浪費時間。

這是我表面上的官方說法。

實際上，和我對於感情的陰影有關。

不過初進校園，彼此才剛認識，並不想掃她的興，所以我只有笑笑，不置可否：「看看芫媛的意思再說吧。」

芫媛是另一位室友，還沒見她回來。

詩雅看出我的猶豫：「不急不急，對方也是約在聖誕節，還有兩個月，再看看吧。」

「看什麼看？」寢室的門倏忽被推開，陽明山的穿廊風像一陣殺氣灌進來，「既然有帥哥還考慮什麼？馬上答應下來！」

我和曉雨像被龍捲風掃過，手忙腳亂地壓住桌上亂飛的書頁紙張，以防寢室被吹成災區。

圓滾滾、肉嘟嘟，笑起來眼睛瞇成一條縫的袁芫媛，抱著重量杯可樂和加大的薯條站在門口。

涼意從背脊衝上腦後。我有一股不祥的預感。

當天晚上，我們四個來自南部的女生聊開了。

原來詩雅唸的高中校風開放，學生都比較活潑，所以她對於聯誼的事認為稀鬆平常，對於我的不置可否，反而覺得奇怪。

「我說竹鈴，妳也不用把寢室聯誼看得這麼嚴重，就當作去認識新朋友嘛。」詩雅的及肩短髮烏亮整齊，五官清純可人，是第一眼就能吸引男孩子的那種漂亮女孩；所以我相信她的人緣一定給她很多的自信。

「不是，我只是認為……」

「我們唸社會系的，不對人性、男性、別人的個性和自己感情的屬性有所了解，怎麼可能勝任社工的工作？」

「是喔，想不到寢室聯誼還有這麼多功能……」我嚅嚅低語。

「以後社工人員可是要每天從事與人接觸的工作呢，現在不過是去騎腳踏車、吃個小吃、聊聊天，妳都不敢？」

「可是……」

「哪來這麼多可是，帥哥可是不等猶豫女孩的喲。」

「我不認為帥哥——」

「不認為帥哥就一定是幸福的保證？這種話我聽多了，那我以後會幫妳注意肥宅男、鐘樓哥、遺產公、挖鼻丐，好嗎？」

「這、這都是些什麼人呀——」

「痴醜老窮呀。」

「也……不必這麼委屈自己吧……」

「總之，就當作去郊遊嘛，和很多人一起郊遊，有益身心，百利無害，妳該不會也怕吧？」果然是聯誼高手，好有說服力。

「喂，竹鈴，」經過詩雅幾輪洗腦猛攻，芫媛也加入；「寢室聯誼可是要四個人的喲，少了妳一個，連帶我們三個也去不成，妳忍心看到姊妹們的幸福斷送在妳手中嗎？」

「斷、斷送？說的太嚴重了吧……」

「我不像妳，人又美功課又好。妳看我，從小就是豬肥被人煎、人胖被人嫌，這可能是我一生中唯一一次追求幸福的機會，求求妳，就當陪一隻豬吃最後的晚餐吧。」

「不會啦，妳很可愛的，怎麼這樣說……」我的喉嚨會因為想笑而劇烈抽搐。

「要不然妳就把我當作失婚婦女的個案，陪我去作心理輔導嘛，好不好？」

忍住，忍住。臉部肌肉已經開始跳起小步舞曲。

「社工師沒有同理心是不行的，這樣怎麼協助像我這樣弱勢族群呢？」

曉雨天真又認真地問：「看妳應該有八十幾公斤吧，哪裡弱呀？」

「哪有八十！是七十九好不好。」她反駁的理直氣壯；「我罹患了神豬症妳們不知道嗎？症狀就像憂鬱症、恐慌症、強迫症三症合一，經常擔心自己吃不飽會餓死，所以就強迫自己要吃飽一點，吃了之後又憂慮自己的體重坐高鐵，對於男生怎麼看我感到好恐慌，都不知道我這種身心障礙人士多可憐、多弱勢。」

「哇哈哈哈哈……」詩雅已經忍得太辛苦，大笑出聲。

「嘻嘻……」曉雨也笑到不行。

「竹鈴竹鈴，救救我這可憐的小女子吧！」

「不能這樣說啦，參加這種活動，也不保證一定能得到什麼吧。」我仍然堅持自己的原則。

「但是不參加，就一定得不到幸福的機會吧。」

「唉，妳怎麼沒去唸法律系……」

「不管不管，竹鈴姐姐，陪人家去嘛！」只大她一天，竟被叫姐姐。她拉著我的衣袖猛搖，我的衣袖跟著她手臂下的蝴蝶袖在空氣裡狂晃。

「哎哎哎，別搖了。」沙朗在眼前飛舞，我都被搖昏了，只好對曉雨投以求救的眼神；「聽聽曉雨的意見吧，也許曉雨也不想去。」

「曉雨，」她們兩個目光凌厲如電，迅速掃射曉雨全身；「妳的一票？」

「呃，我媽媽說來學校要認真讀書，不可以只顧談戀愛，所以……」曉雨圓大又烏亮的瞳轉呀轉的，看看她們，再看看我，像隻被老鷹盯上的小雞，怯怯囁語；「所以只要顧好功課，就不算是只顧談戀愛吧……」

「好了好了，三票對一票，我來回 Email 啦！」詩雅趕忙打開她的筆電上網。

第二話

社會學，一門利用經驗考察與批判分析，來研究人類社會結構與活動的學科。研究的重心大部份放在現代社會中的各種生活實態，或是當代社會如何形成演進以至今日的過程。研究現況，也研究變遷。

社會學的研究對象範圍廣泛，大到全球化的社會趨勢及潮流，小到幾個人面對面的日常互動。

就像現在社會學的教授在講台上講解得口沫橫飛，坐在我身後的兩個女生也嘀嘀嘟嘟小聲互動個沒完。

「……早上我就收到了。」

「是什麼？」

「是我最喜歡的紅豆年糕。」

「是嗎？他怎麼知道的？」

「不知道耶，反正，應該有在注意我吧……」

「好好喲。」

「還附了一張卡片的……」

「是嗎？借我看、借我看。」

「……」

「哇，好貼心！」陳綺安低呼。

我忍不住回頭，故意咳了一聲。凌學琪的臉居然泛成了熟透的草莓。

綺安低下頭，瞄我一眼：「對不起，太大聲了。」

我把手心往她面前一伸：「交出來才原諒妳。」

她看學琪一眼，學琪還是紅著臉頰，頭低低的，沒反對。

我接過卡片。粉紅色的底、背上有一對翅膀的外國小童，可愛地笑著，頭上還頂著光環。

打開內頁：

「學琪，妳紅紅的雙頰上，有著吸引我的可愛小雀斑。很高興妳是我的小主人，我注意妳七天了，妳的一舉一動，都印在我的腦海裏。紙盒裡是妳最愛的紅豆年糕，希望妳吃飽飽。妳的小天使。」

這是怎樣，一見鍾情嗎？才剛開學就天雷地火的。

我悄悄遞還她：「還沒過年就有紅豆年糕吃呀？稍微控制一下。」學琪的臉更紅，頭更低了。

我們三個同時低聲偷笑。

看到別人很幸福，自己一定會感染幸福的感覺。

下課後，我們幾個步出教室，行至百花池廣場時，我忍不住問學琪知不知道自己的小天使是誰，她搖搖頭說不知道。

「應該是個帥哥吧！」陳綺安插嘴，不知在興奮什麼。

「班上的帥哥是哪些呀？」曉雨天真的大眼睛眨呀眨，卷翹的睫毛煽呀煽的。

「情聖、小英哥應該都有可能。」芫媛說的是任何雌性動物都會認為無敵酷帥的秦勝華和高英。

「邵宣蔚也應該列入觀察名單。」嗯，小蔚的身型和大衛的雕像有得比。

「照我看，小佐藤和學琪比較有夫妻臉啦。」長得酷似日本美型男佐藤健的左子謙也是被認為涉嫌。

幾個女生嘰嘰喳喳呱呱啦啦七嘴八舌瞎猜一通，還不時高亢尖叫。看來帥這個字對於雌性動物大腦多巴胺的刺激性，真是如迷幻藥般強烈呀。

詩雅的目光無意中掃到我，突然從迷幻中甦醒：「竹鈴，妳的看法呢？」

誒？五張嘴瞬間止住，十道目光全面掃來！我的冷靜不語，怎麼忽然變成大家的話靶。

「呃，是不是帥哥我是不知道，不過，至少是個很細心、體貼的男生吧。」

「妳不認為做這麼浪漫的事，一定是個帥哥嗎？」

「不是帥男應該也會浪漫吧。」

「啐，傻宅和娘砲耍的浪漫很冷、很矬好不好，根本沒有浪漫的感覺。」芫媛，妳這樣說，應該會有很多宅仔和花美男慶幸自己逃過一劫吧……

「可是帥哥也有木頭、蠢蛋、色胚、賤男好不好。」我不認輸。

「就算送的禮物是廢物，小栗旬送的就比傑克尼克遜送的值得珍藏吧。」

「同樣講的笑話是屁話，至少俊俊弟還有視覺上的功能，歪嘴哥講完就不知該怎麼回應才算禮貌了。」

「難道妳在愛愛的時候，寧願高膽固醇的蹄膀摸妳、妳也不想抱著羅志祥的胴體？」

這是說到哪裡了……

「和陽光美少年牽手在校園裡散步，就算淋雨也虛榮，但是和朝天酒糟鼻牽手看夜景，妳恐怕還沒回到宿舍就想找酒精消毒了，就不要說被同學看到會有多丟臉。」

「為什麼？」曉雨睜大眼睛一派天真地看著詩雅問。

「妳會擔心他挖完鼻孔的手有沒有洗。」學琪、綺安、詩雅同時爆笑出聲，芫媛更是笑到被口水噎到，咳的時候還噴出一朵泡泡，上面映著一道彩虹。

妳們的嘴比較毒吧。

四個人接力圍剿我，反駁的理由根本來不及想，我乾脆苦笑回應。是誰說男生是視覺的動物、女生是聽覺的動物？胡扯。

「喂，妳們不要一起攻擊主竹嘛，」唯一沒有取笑的曉雨總是暱稱我竹竹，她可愛的童音把我的名字叫成主竹，沒辜負我的筆記都印好借她、衣服都幫她洗、早晨一定把她從賴床的深淵裡拉起來，她只要刷完牙就可以吃我為她準備熱呼呼的早點，現在她出聲為我伸張正義了；「她只是沒有那麼喜歡帥哥而已嘛，而且，萬一帥哥會家暴怎麼辦。」

「被帥哥家暴總比被滿頭蒼蠅、一口爛牙的肥仔打好一點吧，至少還有暴力美學在。」這是什麼歪理，我不可置信地望著詩雅。

「主竹有跟我說喲，說看男生不可以從外表看起，要從他的心看起。」乖乖乖，那次在自助餐請她吃晚餐時無意中說過的話都記得，這個禮拜的晚餐都由主竹免費招待吧。

「喂，曉雨，妳被竹鈴帶壞了喲，原來妳希望自己的男朋友是傘蜥喲？」

「人家才不要咧。」曉雨像看到鬼，趕忙拍著自己的胸口。

誒？這麼快就投降了？曉雨妳……唉。

想不到原來男生帥不帥的話題，會這麼吸引這些剛從推甄、指考枷鎖掙脫的女生；相形之下，我開始懷疑自己在這件事的想法上是不是怪胎。

因為回到寢室後，她們竟然還不肯放過我。

「老鼠、河馬、駱駝、大象，四個妳選一個。」

什麼，心理測驗嗎？我沒注意到詩雅的目光中透著壞心眼，想到駱駝在炙熱艱難的環境中任重道遠，而且睫毛也很翹，就隨口說：「駱駝。」

「小青蛙、小猴子、小孔雀、小貓咪，妳喜歡哪一隻？」

「小猴子。」應該既聰明又溫馴吧。

「原來妳喜歡暴牙男呀。結果生下來的小孩像小猴子。」四個人又是一陣哇哈哈哈、笑得東倒西歪。

「什麼嘛，哪有這麼爛的心理測驗，還是以貌取人。」曉雨看不過去，又發出正義之聲。

「這是基因學，不用測驗也知道的嘛。難道約克夏和杜洛克交配後會生下高大的撒拉布蘭道駿馬？不可能嘛，能生出藍瑞斯就偷笑了。」芫媛邊吃著薯片邊應道。看來她對於與自己同類動物的品種相當了解，很適合轉到動物系。

「呃，那倒也是啦。」曉雨怔了一下，歪頭想一下，竟然這樣接。

「以後妳真的會找一隻傘蜥交往的。」

「為什麼我一定要傘蜥？」

「因為妳被竹鈴洗腦，想要發覺傘蜥內心的美呀。」詩雅的嘴有點賤；「也許世上會有善良、上進、孝順的傘蜥，只是我們太膚淺，不知道去發掘而已。」

「像妳這麼可愛的女生，將來推著娃娃車，裡面卻坐著一隻小傘蜥，不太好看吧。」學琪和綺安竟然也連手開槍。

「人家不要啦。」曉雨眼眶一紅，竟然快哭了。

消遣我沒關係，欺負曉雨就不行。正義的激素一激噴，我不禁怒了：「聽好，我江竹鈴就是不喜歡帥哥、我討厭長得帥的男生！這是我的正式宣布，可以了嗎？」

整個寢室的時間在剎那間停頓、靜止，彷彿連空氣裡的細菌都被武林高手點了穴道，無法動彈。

原來鎮暴和攻堅時要先投震撼彈，是有它的道理存在。

三十秒後，學琪和綺安見我態度堅忍、堅定、堅絕又堅強，摸摸鼻子，溜回隔壁她們自己210的寢室。詩雅安靜地坐回自己的電腦前，不敢再多說一句。芫媛則拿出盥洗用具說是要去洗澡了。

哈哈，原來一場風暴這麼容易就被我平息啦。

但是三天後，我就後悔用了這顆震撼彈。

因為女人的嘴可比流行性感冒病毒。尤其是這四個帶原者，各自向她們宣稱的一位知己密友打了一個大噴嚏。而她們各自的那位知己密友又向她們另外的知己密友咳嗽了兩聲，然後那四位知己密友她們另外的知己密友又向其他的知己密友再說有些祕密放在肚子裡就像腸胃型感冒一樣會肚子痛，不吐不快……

結果：

「聽說江竹鈴是帥哥絕緣體。」

「恐怕是曾經被帥哥甩過，留下的創傷壓力症候群吧。」

「誰會不喜歡自己的男朋友長得帥啊，還做這種宣布，太做作、太假掰了吧。」

「說不定是用這種方式來搏版面，吸引美型男的注意。」

「不會吧，看她待人很親切的，誒！難道她是蕾絲邊的？」

「只有這個可能。這樣也不錯，直接宣告出櫃，很有勇氣。」

這還只是班上在傳的。六天後，傳到系上，學長、學姊的八卦評論是：

「學妹長得那麼亮麗，居然那麼驕傲。」

「難怪上次在大成館的門前遇到她，跟她打招呼她都視而不見。」拜託，學長，那天雨下很大，我撐著傘、頭低低的躲雨，只看到兩條牛仔褲管、一小截長著毛的小腿，和一雙布鞋走過身邊好嗎。

「將來是想嫁給企業家第二代還是財團的小開，才這麼看不起還沒有出社會的學長嗎？」

呵呵，已經被傳成這樣了啊……

以後該怎麼澄清才洗得乾淨啊？

最可怕的是，那天在大雅餐廳吃飯，才剛坐下，就有一個削短髮、穿鼻珠，嗓音低沈，看來很有個性的女孩子走過來：「妳是社會系的學妹江竹鈴嗎？我想認識妳，手機號碼可以給我嗎？」

「呃，」我發覺不對，看了曉雨一眼，覺得非得釋出善意的謊言不可；「可是，我已經有男朋友了。」

「耶？」她看看曉雨，面露狐疑。

曉雨像觸電一般跳起來，猛搖手：「她男朋友真的是男的，不是我！」

「嗯？」目光又掃回我身上。

我不喜歡帥哥，但是我喜歡男生，好嗎？幸好經常在校園裡出沒的流浪狗小黑適時出現在桌邊搖尾乞食——啊哈，牠是公的！我當場作勢要抱住小黑，她才半信半疑的離開。

這真是個把八卦當成事實在走跳的社會。

阮玲玉，等我一下，我陪妳一起走……

「我是喜歡這所學校的傳說，才考進來的，現在自己變成傳說了，還居然是這種傳說？嗚呼哀哉！」我頹喪地看著眼前餐盤裡的烤地瓜條，想不透自己為什麼要選這種吃了會放屁、惹得別人誤會的食物，就像不解自己為何會有這種衝動作無聊的宣告、讓狗屁話題纏身一樣。

「振作呀，主竹。」曉雨在岸邊扔了一塊漂流木給我。

吃完索然無味的一餐後，我們往圖書館的方向走，打算找一些書來影印。因為「全球化與社會科學專題」的教授指定了題目要寫報告。

印完需要的參考資料，我們步出圖書館，已是黃昏時分。紅紫的天幕、刷染金黃的夕陽餘暉，加上薄霧輕罩，讓整個華岡呈現朦朧的美。這種氛圍，很容易會讓封閉的心被輕啟。

漫步在起霧的校園，曉雨終於忍不住，小心翼翼問我：「主竹，為什麼妳討厭帥的男生啊？」

為什麼呢。

我停下腳步，和曉雨坐在大典館門前的階梯上。

因為我的老爸堪稱是我活在世上十八年以來，見過最英偉挺拔的男人了。他講話溫和儒雅，文質彬彬；被他的眼睛凝視過的人，都會被他吸引。要是他的個性活潑一點，以他的外型絕對不必當高中老師每天吃粉筆灰，往演藝圈發展一定紅超過十年以上。若是那樣，也許我現在也就子承父志克紹箕裘、輕輕鬆鬆唸個藝校出個唱片什麼的，想必也會被貼上偶像的標籤吧。畢竟，我的外表大部分遺傳自老爸。

我在唸幼稚園的時候，曾愛上爸這型的，下定決心長大後一定要找一個同類外型男人嫁了。那時候氣質脫俗的媽媽常常都掛著笑容，家裡的氣氛好融洽。每天放學，老爸高大英偉的身形出現在校門口，女同學一看到他，就會異口同聲喊出：「江竹鈴的把拔來接她了！」。在那個年紀，有這麼帥氣的把拔真是驕傲的咧。

有這樣一個愛家、愛妻、愛子女的美男子當自己的老爸，誰不想？

「我也好想要喲。」曉雨聽得出神。「可惜我爸爸只有微禿的額頭和微凸的小腹。」

如果天真幫的幫主遇害、或是無邪派的教主辭職，我一定馬上提名曉雨出馬角逐。

我倒寧願我老爸的頭早點禿、肚子早點大。

如果他的外貌早點變形，也許那個姓胡的阿姨就不會出現。

如果她不曾出現，我晴朗的童年就不會提早下起大雷雨，而且持續下了十年，家裡應有的氣氛全部都被土石流淹沒掉。

那一年我唸小三，爸媽間也出現小三。

媽媽的笑容消失了，爸爸開始吵架了。放學後我和哥哥變成自己走回家，有時忘了帶鑰匙還得在家門口等媽媽回來。一直等到我蜷縮在家門角落睡著了、星星出來了，都還不見大人出現。

因為媽媽忙著到爸爸的學校哭鬧、忙著離家出走、忙於跟蹤、忙著抓猴。

她一陣忙碌之後，發現爸爸在外面的生活有不為人知的精彩。她發現在此之前，爸爸還和一個朱阿姨在一起過，胡阿姨介入後朱阿姨才不甘不願的分開，之後除了胡阿姨以外，還同時擁有另一個白姊姊。所以胡阿姨才會鬧到家裡來。這些都是朱阿姨告訴我媽的。

而那個白姊姊，是我爸爸正在教的學生，因為才十八歲，所以他要我叫她姊姊。

「到底是誰先誰後，妳講太快了，人一子變好多，我還弄不清楚誰是誰。」

「妳用白骨精、狐狸精、蜘蛛精來代稱，也許比較好記。」

不管是什麼精，如果不是因為唐僧肉好吃，又怎麼會找上門。餓了半年多，終於又有人準時煮晚飯給我和哥哥吃了。

但是，煮的人換成是阿嬤。

因為媽媽和老爸離婚了，老爸要監護權，要到之後就把我們兄妹丟給阿嬤照顧，他自己則和白姊姊另組家庭，搬到中部去了。

從此我就沒有再見過這個英偉挺拔的身形，也不願再去想那張臉。

那張以前每天放學都會準時出現在校門口的臉

「主竹好可憐喲。」曉雨吸吸鼻子，聲音有點哽咽。

我拍拍她的背，要她別傷心。

還有我哥，在破碎的家庭裡、在年邁力衰的隔代教養中，度過叛逆期，自覺沒有溫暖、沒有信心、沒有上進的動力、沒有人生的目標。從高一開始就墮落，混的幫派一個換過一個。

那些兄弟摟著他的肩，就讓他覺得溫暖。我這個為了他好，經常囉嗦他的妹妹，只會讓他覺得煩。

他唯一擁有的，就是父母遺傳給他的那張俊秀的臉。所以，他女友一個換過一個。也許，有能力換老大和換女友，才讓他感到自己還有一些比得過同年齡孩子的地方。

所以，他也決定離家出走，離開這個毫無眷戀價值的家，四處去流浪。那年他才十六歲，一個孤單的身影、提著一卡皮箱，身後的妹妹不斷喚他，他也不回頭，因為他不想讓我看到他倔強的表情，還有含著淚的眼眶。

我也已經好幾年沒遇到他了，不知他現在過得如何。

「主竹的葛格也好可憐喲。」曉雨吸吸鼻子，聲音有點哽咽。

我摸摸她的頭頂，要她別難過。

第三個例子是我表姊夫。

表姊大我十歲，在我高二那年，嫁給與她相戀多年的表姊夫。表姊夫是企業家第二代，也就是報紙雜誌上常說的小開。他的外表瀟灑高大，各式名牌襯衫配上吊帶褲裝是他的標準打扮。說話風趣，常喜歡說些有的沒的把小女生逗得咯吱咯吱笑個沒完，對女生好像體貼到一個不行。

他和表姊在約會的時候，我有幾次在場擔任水電工，專攻電燈泡。我觀察他的一舉一動，發現他真的對表姊呵護有加，愛到滿出眼眶和腦門的樣子。

看到別人很幸福，自己一定會感染幸福的感覺。

表姊當時幸福的表情，我到現在都還記得。

他和表姊結婚的時候，雖然有一點發福，但仍然可以認為他在發福之前是一個大帥哥。畢竟，小開嘛，吃得好一點也是應該的，不然吃不開怎麼叫小開。

最後一次看到他時，他還是一如往昔，臉上配著一副黑邊眼鏡，整張臉維持在油光油光的狀態，頭髮也始終梳得油光整齊。哦，對了，他家的家族企業是賣衛浴設備的，很有名。也許妳家現在尿的就是他家的產品。

蛤？不是不是，不是報紙上所說志玲姊姊的那個他和那個品牌，不要誤會。我的表姊也不是姓林。咦，還是，賣馬桶的都長得差不多，我也不知道，沒研究。

多金又體貼的富家帥哥，當然是哈死噴的最佳人選了，應該夠幸福了吧。

表姊結婚的時候，還有好多的ＳＮＧ車到飯店來連線報導咧。

想不到一年後，又有好多的ＳＮＧ車來連線報導。

是在醫院急診室門外連線。因為表姊被他打個半死。

表姊和我的感情很好，所以是我在急診室裡照顧表姊的。看著她塌陷淌血的鼻骨、臉頰上可怖的烏青一大片，照過Ｘ光片後，醫師說她的肋骨被踢斷了兩根，至少要住院三個月才能下床。當時我抱住痛哭的表姊，氣得發瘋，眼淚也流個不停。那時我發誓這是我最後一次相信帥的男人。

「主竹的姐接也好可憐喲。」曉雨吸吸鼻子，聲音有點哽咽。

我輕撫她的肩頭，要她別悲憤。

最後是我自己。

高中時候，班上有個長得很艷、很有個性的同學，她的名字最後一個字是柔，看到男生都會假裝溫柔，我們都叫她假柔。這樣叫她她也不在乎，反正我們都是同性，她愛的是異性。

假柔喜歡上隔壁班一個男生；那男生身形高大，是校籃隊的灌籃高手，在校園裡他總是裝著一副死酷的模樣耍帥，老愛穿著無袖背心，把臂膀的漂亮肌線露出來。說實在的，他長得是很帥，但是對於那種以裝酷掩飾自己幼稚的男生，我是不感興趣的。

但很多女生就是會為這種裝出來的死德性尖叫，假柔對他的尖叫聲尤其高亢。不久，裝酷男和假柔倆就出雙入對在一起了。嗯？這關我什麼事？對呀，是與我無關，他們幸福他們的，我和班上每位同學都一樣，都是祝福她囉。畢竟，看到別人很幸福，自己一定會感染幸福的感覺。

可是有一天午後，我在學校福利社的門口遇到那個裝酷男。那時他剛打完球，和另一個男生要進福利社買飲料喝。他見到我，突然堵在我前面，笑著問：「妳是二年一班的江竹鈴？」

「呃？……我是啊。」

「我有急事想打電話給小柔，但是手機沒電，妳的手機能借我用一下嗎？」

「喔。」以我女俠的個性，路見弱傾、遇有急助，都是我不遑多想的扶助對象，所以我想都沒想就馬上交出手機。

他接過手機，快速按了幾下，用眼神瞄一下身後十步遠、那個留著香菇頭的男生。香菇頭手上拿著的一支手機，突然響起來。他看了手機一眼，向裝酷男比了一個ＯＫ的手勢。

他按下斷話鍵，把手機還我：「聽小柔說，妳是妳們班公認最漂亮的，我早就想認識妳了。」

我愣住，根本還沒反應過來。

他丟下一個詭異的笑容，就往香菇頭那邊走去，頭也不回。然後從香菇頭手上接過那隻手機放進褲袋裡。

這是怎麼回事？當時我還濛濛渺渺，摸不著頭緒。

「他想追妳啦。」曉雨的眼瞳睜好大；「之後是不是就開始打電話給妳、開始約妳？」

沒錯，當我開始收到他傳來的簡訊時，我也是這麼以為。因為那些肉麻的簡訊內容，對一個高二女生的心臟來說，實在難以負荷。所以每次我打開來一看到，就驚嚇到馬上刪掉；我怕假柔誤會我和裝酷男有怎麼樣。

但是，上帝要毀滅一個人，必先使其疏忽，然後使其被冤枉。

在我持續擔驚受怕兩個星期後的某一天，下課後去上廁所，沒有把放在抽屜裡的手機隨身帶著。回到教室後，就察覺氣氛不對，可怕的事情就發生了。

「江竹鈴，這是什麼！」假柔一見我坐下，像陣狂風掃到我身邊，把我的手機大力往桌上放。

又是裝酷男傳來的簡訊：「妳說妳愛我，我也一樣。別忘了放學後的約定。」

「我沒有、我不知道……這只是他自己、自己……」我冷不防被閃電電到一樣，一句完整的話也說不出來，根本不知如何反應。

我什麼時候說我愛那個裝酷男了！

「不承認？」她又把另一隻手機摔在我面前：「這是他的手機桌面。」

啊？怎麼會有這一張！

裝酷男握著我的手，凝視著我，臉上漾笑意；我則一臉痴迷地望著他，在福利社門前……喂，不對，是角度的問題！那是他向我借手機的一剎那被拍的。那明明是借手機的時候呀，他的表情明明是禮貌的微笑呀，還有還有，那明明是我還沒反應過來，看來有點白痴的表情嘛。

經由借位、角度、加上看圖說故事的結果，就成了我們是……一對情侶？

「這不是我……」猝然的狀況，平日敏捷的反應完全失靈。

我被設計了，這一定是那個香菇頭用裝酷男的手機幫他偷拍的！

「以為自己很美嗎？賤人！」

一個耳光甩過來，引起圍觀的同學一陣驚呼。我的臉頰頓時麻燙劇痛。

我幾次找假柔解釋澄清，假柔的都怒氣攻心，放聲大哭。她說裝酷男把她甩了是因為我在福利社外面勾引他。她愈哭，班上同情她的人愈多。每次我向她解釋，最後都只能得到其他同學：「假掰做作」、「人長得美也要知道羞恥」的回應。

從此，班上同學就有人給我取了個外號：賤竹。

還有她不問真相，只求力挺的俠義姊妹們，見她哭，就找人把我抓進女廁裡，幾個人圍住我剪爛我的長髮、扯破我的制服、把我的臉頰用巴掌呼成豬肥幫子，最後關在女廁一整夜，直到早上學校工友來清掃……。

我不甘被冤枉，和要好的同學找裝酷男對質，才發現真相原來是：他早就厭煩了假柔的黏人和善妒，幾次想跟她分手都被她糾纏不放。後來聽說我是班上公認最漂亮的，就故意在福利社外騙得我的手機撥號，以取得我的來電號碼，日後再傳假簡訊給我，好讓假柔以為他已和我在一起，目的是讓她死了纏著他的心。

「可惡，你利用我！太卑鄙了！你向她解釋清楚，還我一個清白！」

「才不要，她太煩人了。」他還嘻皮笑臉，一副無賴嘴臉。「反正美女很多人追，本來就很正常。」

要好的同學回到班上馬上當我的證人，向假柔作證裝酷男的自白。但是假柔一口咬定：「妳是賤竹的好朋友，當然幫她說話了，誰知道妳說的是不是和她串好的。」

之後我在班上就都被大多數的同學排擠，背負著搶人男友的罵名、臭名、賤名，一直到高三畢業。

我的含冤莫白、我的心中悲憤，我失去的人緣、我孤獨的高中生活，都是拜那個卑鄙的帥哥所賜，不是嗎……

「主、主竹真的、真的好、好可憐、可憐……嗚哇——、嗚——！」曉雨哽咽的聲音開始抽咽，一下子竟轉為放聲大哭到難以自抑。我慌了，趕忙把她擁入懷裡，安慰她：「別哭別哭，沒有什麼啦，都過去了嘛。」

她的臉埋在我的胸口，還是無法停制。我感到T恤開始被染溼了。

「擦擦。」吸吸鼻子，聲音有點哽咽。

一塊摺得工整、藍白相間、乾乾淨淨的手帕出現在我的肩頭

完全沒有多想這手帕為何霎時出現，我接過：「擦擦。」

我用手帕幫曉雨輕拭緋頰上的淚珠。

「過了就會好。」吸吸鼻子，聲音有點哽咽。

這個傻丫頭，怎麼聽別人的故事這麼容易感動呢，還哭成這樣。我輕撫她的背：「過了就會好。」

「……唔，過了、過了就會、就會好、好了……」她終於止住了淚水，只是還在抽咽著，語不成句；「而、而且，這個味道味道好，好好聞……」她淚盈盈地看著那條手帕。

誒？糾斗！

等一下！

趕快倒帶重看。

曉雨聽到我講表姊的往事時，還只是吸吸鼻子，聲音只有點哽咽；後來聽我講完自己在高中的不幸遭遇，終於泫然大哭，那，就不可能還吸吸鼻子，聲音只有哽咽而已。

這些過往，我早已能堅強面對，心中即使仍然留有陰影，也不會再流淚了。所以後來再吸鼻子的，絕對不是我。

那……吸鼻子的人是誰？
還有這條手帕，哪來的？
我猛然回首，在夕陽餘暈之中，一個身形逐漸遠離，慢慢步向霧中。
那是誰？
是哪個同學？
是天使嗎？

第三話

「請問廖曉雨是誰？」敲門聲讓剛好在門邊的芫媛把正在啃著的雞翅放下。她打開門，一個梳著長直髮的女生站在門外。

「我就是。」曉雨把視線從電腦臉書上移開。

「有人在宿舍門前託我把這個送進來給妳。」

曉雨起身走到門口，從她手上接過一個包裝精美的小盒子：「謝謝。」

「哇，是愛慕者送的嗎？」我們湊過去，我故意問。

「什麼啊。」曉雨把包裝紙打開，是一張卡片和一個漂亮的飾品盒。盒裡裝著一只水晶扣子，多個切割菱面在燈光下閃射著光芒。

曉雨的臉上寫著驚奇：「怎麼可能！」

詩雅、芫媛都發出「喔——」的讚嘆聲。

曉雨打開那張卡片：

「親愛的小主人，今天在上社工概論課的時候，竹鈴發現妳身上可愛的洋裝背後掉了一顆扣子。我聽到妳說這件衣服是初戀男友送妳的生日禮物，扣子掉了妳很著急。這顆扣子是下課後我到士林夜市找了好久的，希望妳把它縫上，讓初戀的回憶完完整整。祝妳生日快樂。

妳的小天使」

「好溫馨喲，原來今天是妳生日呀！」芫媛失聲叫道。

「而且好有心喲，是在上課時坐妳們後面，正好聽到妳在說那件洋裝掉扣子的事嗎？好棒的小天使。」詩雅道。

曉雨紅了眼眶，感動的說不出話。上午社工概論課下課時，的確是我發現她洋裝背後一顆扣子不見了的。當時她真的很著急，差點沒哭出來。雖然高一時的初戀男友已經和她分手了，但她說她依然在每年生日時會把那件粉色的洋裝找出來穿上。

扣子掉了一顆，很難找到相同的式樣。就像戀情失去了，很難找到相同的感覺。

「到底是誰呀，喂喂喂，今天上課坐在曉雨身後的到底有誰？」詩雅好奇的不得了；

「啊，我記得有陳綺安、芫媛和左子謙。」

「不是我，我的小主人是高英。而且我也沒注意到妳們在討論扣子的事。」芫媛澄清道。

「簡單，我馬上去求證。」她像風一樣衝出房間，跑到隔壁210室。

「管他是誰，曉雨，妳不比對一下，說不定和妳衣服上的扣子不一樣。」

「一樣、一樣。」她極為肯定，在我催促下，仍然起身到衣櫥邊，拿出那件洋裝。

「妳看，它完全一樣。」

「真的耶！」芫媛大叫。

「我幫妳把它縫上吧。」我從抽屜裡取出針線包。

「證明了！」詩雅衝回房來；「陳綺安抽到的小主人是張淑卿，所以——」

「哇，是左子謙！妳的小天使是美正太左子謙！」

「哪有這麼巧，我抽到的小主人也是他耶。」曉雨不可置信地驚呼。

「這麼有緣！你們就好好互相關心對方吧，而且還不能讓對方知道自己就是彼此的小天使，這真是太好玩了。」詩雅興奮地說，聲音變得高亢。

「在一起、在一起、在一起！」芫媛起鬨嚷著。

「別鬧了。」曉雨害羞，趕快轉移話題；「那詩雅的小主人是誰？」

「別提了，是看起來又混又猥瑣的郭倍，我一點也不想關心他的死活。」詩雅無奈地說，「看來我還是從聯誼中找幸福吧。」

「真不愧是聯誼女王蘇詩雅。」我笑道。

「那妳的小主人是誰？」詩雅掉轉槍口問我。

「噓，老師說要保密的唷。」

「說嘛說嘛。」

「哦，只是班上一個女生啦，不可能發生什麼戀情的。」

「還好不是帥哥，不然妳就討厭了吧。」詩雅譏諷我。芫媛也加上一槍：「要注意，不要太關心妳的小主人唷，因為小黑可不是每回都會剛好出現的。」

說完，兩個人哈哈大笑。

「還不是妳們兩個幹的好事。」

「別再笑主竹了啦，她只是容易招人嫉妒嘛。」

「說真的，竹鈴，對於感情，有自己的原則是很好，但是會寂寞的。」詩雅止住了笑，忽然很正經對我說。

我的心頭一驚。

詩雅的嘴雖然有點壞，但是以她從國三時起就熱中聯誼的經驗，能說出這種有底蘊的話，倒也不能算意外。

從小，我很受異性的青睞，但是，我很寂寞。

家庭的殘缺，讓我無法從家中得到談心事的對象；在學校，因為自己外貌招來的異性緣，讓自己有點信心。但相對的，帶來同性緣的極端對立，卻讓我變得小心翼翼。我珍惜每一分友情的認同，所以對每位同學都很用心相處；不過上帝經常用誤解考驗我，以致同學中很友善的就會對我很好，但誤解我、認為我會搶男友的同學卻更多，卻使我在和同性相處時顯得畏首縮尾。像被假柔呼巴掌事件，就是我慘痛遭遇的經典。

也因此，在那個青春期、叛逆期、對同儕尋求認同、對異性經常好奇的年紀，在處理人際關係時的我常常無所適從。加上我對帥哥沒好感到偏見的程度，追我的一律被我列為拒往名單，討厭我的我也不想加入好友。結果，我手機裡的電話簿，除了兩位知心同性好友外，根本沒有其他同學的電話號碼，就甭說什麼男朋友的電話了。

談得來的兩位好友，畢業後又分別考上南部和中部的學校，一度，我認為我的大學生活也許會更寂寞。

這一切會是因為自己太講究原則的結果嗎……

我怕寂寞，但從不表現出來。現在被詩雅一語道破，相信表情一定洩露了什麼。詩雅抿嘴一笑：「被說中了？沒關係啦，找個人來陪不就得了。」

「嗯啦，妳賠我、妳賠我、妳賠我，賠到妳傾家蕩產。」我不想面對，故意嘟鼻子耍賴。

「對不起，我很忙。系上的聯誼、外校的聯誼、社團的社聯、北中南多校大聯誼、還有全國總聯誼，我如果不是聯絡人就是已經報名了，所以沒辦法陪妳，要人陪就來參加聯誼唄。」

「好無情喲。」

「我也都要參加，幫我報名！」芫媛插嘴，聲如宏鐘。

「妳呀，減個二十公斤才准報名。」

「哇！人家不依啦！」她兩腿一蹬，椅子往後移，然後開始輪流猛踢地板，放聲假哭，兩臂還不停狂甩，故作撒嬌狀。如果這是曉雨的撒嬌，一定很可愛，但是以超過六十公斤堪稱龐魔的芫媛來說……

感覺上地板有些晃動，我不自覺兩手抓緊書桌邊緣，下意識認為這樣才不會從椅子上被震摔出去。我看了曉雨一眼，她也面露驚恐之色。

「好啦好啦，別跺腳了，樓下的待會兒上來罵人了。」詩雅摀住耳朵討饒；「這麼哈不會先找小天使聯誼。」

「啊小天使是誰，誰知道？」

四個女生嘰哩呱啦開始討論。原來詩雅、芫媛的小天使早就已經開始關心行動了。詩雅還秀出她的電子信箱，她的小天使竟然已經寄了幾十封信給她了。

「誒？老師說不能用電郵的。」

「竹鈴，妳一定什麼都要講原則嗎。他要用，被扣分的是他自己，可不是我叫他用的。」

「是哪個笨蛋。」我不甘心被詩雅唸。

「唉唷，愛上了，還管他扣不扣分，巴不得約她出去哩。」芫媛大笑道。

「咦，愛上……？是男生囉？那算不算是班對？」曉雨的眼睛又睜大了。

「我可沒有說喜歡他。」

「妳怎麼知道是男生？而且妳好像知道小天使是誰了？」我也好奇起來。

「信裡寫的都是詩雅的一舉一動，不是愛上是什麼，嘻嘻。」原來詩雅有把電郵秀給芫媛看過了。「雖然他申請了新的帳號，但是線上一查就知道是邵宣蔚了。」

「原來是猛男大衛呀！」邵宣蔚的身材很像大衛雕像。我們齊聲尖叫。

芫媛的小天使是誰還不知道，但是從經常遞送的小紙條字跡看來，應該是個女生。而且內容多半是關心她的健康，提醒她要少吃多運動、或是提供一些瘦身的小祕方。有一次還輾轉託人送了一碗燕麥薏仁粥給芫媛當早餐，真是用心。

「只可惜不是帥哥或猛男，不然那碗粥我會覺得更好吃。哈哈。」

「要好好體會小天使的用心，不要再吃那麼多高糖高油脂的東西了。」我看著擺在桌上五花八門的小紙條，上面都是減重妙方或醫學常識。

「怎麼可能不吃！妳不知道我是寧願吃給它死，不願死了都沒吃到嗎？」說著，她又從抽屜拿出洋芋片出來開封。

我們又是一輪嘻嘻哈哈，胡扯亂虧。

忽然曉雨想起什麼：「竹，妳的小天使呢？」

「我……」室內熱絡的空氣彷彿頓時結冰。

好像已經過了一個月，我卻完全沒接到任何人的關心。心裡有寂寞的箭射進，這支箭好冰冷啊。

「沒關係，我叫我的小天使來幫妳找。」詩雅說著就按下電郵的回信，想從邵宣蔚口中套出我的小天使是誰。

「這樣不太好吧，老師不是說每個人都有協助小天使隱藏身分的義務嗎……」

「妳的原則又來了。妳的原則對於那個不負責任的小天使是不適用的，知道嗎？」詩雅給我一個白眼。

第二天上國文課時，因為是內容無聊的文言文，我有點心不在焉。

我的天使是誰，怎麼都不理我。詩雅透過邵宣蔚問了好幾個人，都沒人知道。

我真的這麼招人忌、討人厭嗎。是過去心中的陰影作祟，以致對自己的人際關係沒信心，還是如詩雅所說，我被一個不負責的傢伙抽到。

我胡亂掃視班上的每一個人，心中扣除那些已知不是我的小天使的、已經知道小主人的，默數著誰可能是我的小天使。

這時，有人用筆輕戳我的背。

我回頭，是郭倍。他拿了一個小紙盒給我，低聲道：「麻煩幫我轉一下。」

我接過，上面寫著：「給學琪小主人」

「不會又是紅豆年糕吧？」我也壓低聲問。故作鎮定的他表情竟然倏忽轉為靦腆，不知所措，看來是被我猜中了。

學琪坐在我正前面，我在學琪耳邊低語：「妳的小天使要給妳的。」

她接過，看了一眼，雙頰馬上紅了；看來好幸福。

看到別人幸福，自己一定會感染幸福的感覺。所以我的心也馬上暖起來。

她回頭，往我身後迅速瞄了一眼。

但……

方向不太對。

哎？郭倍是坐在我正後方的，她怎麼往我右後方瞄呀。

我不經也往右後方掃一眼。是高英。

不、不會吧，她以為她的小天使是高英？

那郭倍情何以堪……怎麼會這樣？

只因為郭倍長得尖嘴猴腮？小猴子也有深情的時候啊，怎麼功勞都算帥哥的呢……

我在自以為是的俠女原則、與老師給的遊戲規則間猶豫。

還沒想清楚到底該向學琪說清楚、還是遵守保密義務時，下課的鐘聲響起。

敬完禮，老師拎起講義離去。服務股長左子謙站上講台：「各位同學請等一下，班代有事情宣布。華夏導報請先傳下去，另外唸到名字的請上前來領信件。」

服務股長的工作之一，就是每天到系信箱拿取校內通訊刊物和信，再在上課時為同學派發。

被唸到名字的人一一上前領取。

其中唸到：「給親愛的小主人高英」時，全班向高英報以「喔——，小天使」的怪叫聲。高英維持一貫樸克死酷臉，邊走向左子謙嘴裡邊嘟囔：「幹嘛這樣寫，煩死。」

坐在教室後方的芫媛頭低低的，臉像熟透了的紅柿子。我很擔心她會不會血壓衝太高發生不測。

接下來又有人被點到：「小主人蘇詩雅」。幾個男生又發出狼嚎聲。詩雅在全班以目光簇擁之下，以女王之姿上前領取一件小包裹，看來她的小天使送她禮物了。

我瞥向邵宣蔚。他緊抿著唇，不顧旁邊男同學的窸窸窣窣，目光堅定地盯著走過他面前的詩雅。詩雅為什麼還要聯什麼誼，這麼深情的男生她到底有沒有放在心上呀。

「袁芫媛。」

芫媛以重裝坦克車開上馬路的氣勢從後面跑上前，邊跑邊歇斯底里尖叫：「我的小天使——！」，然後從左子謙手中奪下那封信。

大義館教室的地板出現九二一餘震！好多人趕緊抓緊書桌或椅子扶手，還有人馬上抬頭觀察日光燈有無晃動。

「想不到女相撲也有春天。」郭倍在身後嘲笑說。

我回頭瞪他一眼。活該你做白工被學琪誤會，連小猴子都有春天了，女相撲為什麼就不能有春天？

是說，芫媛呀，妳的小天使不是女生嗎，而且，那個信封看起來應該是妳的手機話費帳單吧，幹嘛裝成……唉，真是人美招人忌、人肥遭人棄，無論如何我們都需要用堅強來偽裝，是嗎。

接著，張淑卿和陳綺安都被以小主人的身分叫上去領卡片或小禮物。她們臉上也都掛著笑意。

「最後一封。廖曉雨小主人收」

坐在我身邊的曉雨喜孜孜上前，從左子謙手裡接過信封，說了聲：「謝謝你喲。」聲音嬌裏帶甜，甜到一整個不行。左子謙看她那麼高興，有些不知所措，只報以淺淺的傻笑。

曉雨像小麻雀般跳回我身邊。我幫她收拾好桌上的書本和筆記簿，看著她滿心期待地把那封信緊握在胸前，目光還留在講台上。

曉雨呀，不用這麼甜吧，也許，也許妳的小天使……

左子謙回座，換班代張淑卿走上講台。

「兩件事宣布。第一，社會工作學會、慈幼社與社福機構合作，提供到育幼院擔任義工大哥哥大姊姊的名額，可以讓我們提早接觸社會工作實務。有意報名的同學請在星期五之前到慈幼社報名。」

大家馬上嘰嘰喳喳討論起來，有人說不錯要馬上去報名，有人說畢業之後可能要作社工一輩子，急什麼。

「第二件事，學藝和我設計了一份問卷，是為了製作班刊要用的，現在發下去，請在期中考前交回來。」

「是調查什麼？」有人發問。

「什麼都有，調查每位同學在班上同學心目中的地位和印象，包括你認為誰是班上最認真的同學、最混的、最帥的、最美的、最有氣質的、最有愛心的、最有學問的——」

嘩嘩嘩討論的聲音蓋過張淑卿的聲音，打斷了她下面的話。

「為什麼要調查這個？」我忍不住站起來問。

不知道我講話是有什麼問題，為什麼我一發問，也不是用吼的，只不過是平常音量的發問而已，原本鬧哄哄的教室卻乍然停頓，所有人的目光全部投來。

張淑卿也嚇了一小跳：「製作班刊是社福系的傳統，歷屆學長學姊都有——」

「不是，我不是問班刊，我是問為什麼要作這種調查？」

「哪種調查？」她有點錯愕。

「其他的調查我都沒意見，但是調查誰最美、誰最帥，用意是什麼？」

「用意……讓大家彼此更認識吧。」，她想了幾秒，答得很心虛。但目的顯然只是為了好玩、增加閒聊話題而已。

「能不能把這兩題拿掉？」我不知在怕什麼，潛意識裡就是很怕。其實把你認為班上誰最漂亮拿掉就可以了，至於誰帥不帥，我大不了空白不選。

「為什麼？」好幾個人異口同聲問。

「呃，以、以貌取人不太好吧？」我也答得心虛。

「不會這樣就以貌取人吧，又沒有要選誰是最醜、長得最歪的。」

「對啊，而且我也想知道班花班草是誰咧。」

意見七嘴八舌展開，一聽也知道大多數的人認為題目有趣，不想拿掉這兩個問題。張淑卿見狀：「好了，大家表決吧。」

結果想也知道，只有兩票反對，其餘全數贊成維持。

反對票一票當然是我，另一票是知道我過去遭遇的曉雨。

身在茫茫大海中漂流、一定會被主流意見的駭浪吞沒的我，曉雨仍然不問是非、義無反顧的支持，雖然只是拋下一絲楊柳葉，但也足以讓我感動。

所以步出教室，應她的要求，陪她下山去買要送給左子謙的禮物。只要她快樂，俠女江竹鈴也應該情義相挺，不是嗎？

第四話

華岡的圖書館很大、很安靜，但是平常人不多，尤其是星期天下午。

曉雨的直屬學長帶她下山去東區看電影，詩雅去參加校際聯誼。寢室裡芫媛好夢正酣，還兼打呼，加上隔壁寢室在開慶生會，吵到一個不行，我想看一會兒書，只得拎著裝著書的揹包往圖書館跑。

出來時，我沒忘記答應曉雨的事，所以我把她很慎重交給我的那個翠綠色小紙袋也放進揹包裡。

我在二樓的一間閱覽室找了個角落的座位。

雖然離期中考還有兩個禮拜，孤單的我好像沒什麼活動，所以筆記作了好多，參考的書也借了一堆。

秋高氣爽，很適合讀書的。

一個下午，除了偶爾抬頭望一下壁上的鐘，心裡嘀咕那個該死的左子謙怎麼還沒出現以外，我幾乎都是埋首在心理學的書頁裏。

我再一次抬頭，都已經四點半了。明明約好下午三點的，還不見人影。若不是曉雨交代要親手交給他，我會像別人的小天使一樣直接放進系信箱，讓他自己去拿就好。

那是在西門町一家精品店裡買的一對鬆獅狗，水晶製的小飾品。曉雨說她覺得左子謙在笑的時候很像小鬆獅狗，在她心目中就如狗狗般忠心可愛，所以決定送他這個作為生日禮物。

邏輯有點怪，但是曉雨就是這麼可愛。我問她是不是喜歡子謙，她聳聳肩，歪著頭說「有一點吧」，雙靨還紅紅的。

我闔上書，從揹包裡取出封面是紫色風車圖案的文件簿。我和薇薇學姊一起加入慈幼社，也報名育幼院辦的義工招募。我認扶的小女孩才八歲，她要我叫她小草莓。

小草莓的身世很可憐，我翻閱著她的個人資料：年輕的父母未婚生下她，卻沒有經濟能力扶養她，父親吸毒、賣毒，經常出入法院，最後定居於監獄，預計出來後小草莓已經快三十歲了。草莓媽媽在省道旁賣檳榔，社會上習慣稱她們這種工作為西施；草莓媽媽十七歲生下小草莓的哥哥、十八歲生下小草莓，兩個孩子都丟給外婆照顧，自己則男友一個換過一個，二十五歲前結過三次婚，結婚次數與離婚次數相同，最後與一個長得很帥的男友同居；帥男友會吸毒，把她賣檳榔賺的錢都拿去買毒品，嫌不夠或買不到毒品時，就毆打她出氣。

她躲他躲得不知所蹤，他則跑到外婆家要打要殺的，把外婆嚇得半死，警方和社工才開始介入。

帥的男生果然靠不住，我又一次得到鐵證。

小草莓的外婆家在嘉義東石鄉一個逢大雨、逢大潮就會淹水的落後小村裡，她七十歲了還要幫人補漁網、挖蚵仔維生，收入少到寅吃卯糧，連孫子生病的醫藥費都捉襟見肘。有一天晚上小草莓的哥哥發高燒，還抽搐不止，外婆急得騎腳踏車載他往市區找醫師，不幸在省道上被酒駕的砂石車輾死，草莓哥哥也受重傷，在醫院裡靠社會救助躺了半年才離開悲慘的人世。小草莓當時才四歲，就被送到育幼院安置到現在。

小草莓在外婆、哥哥發生車禍的那個晚上，一個人在家裡哭了一整夜，把嗓子哭壞了。所以她現在沒有童音，講話只有可憐的粗啞聲，心理上留下的不安全感，直到現在都還有陰影；也許這陰影會跟著她一輩子。

我第一次去育幼院看她時，送她一盒草莓作禮物。她很高興，就要我叫她小草莓。育幼院的老師說，她不喜歡自己原來的名字，什麼人來院送她什麼禮物，她就會把那個禮物取為自己的名字，直到下次另一個有愛心的人來再送另一個禮物為止；所以之前，小蘋果、小娃娃、小拼圖、小鏡子、小紅鞋，都曾是她為自己取得暱稱。

小草莓的童年，會一直感覺惸冷伶仃到成年的吧。這種孤獨無依，我怎麼似曾相似……她那個害怕、哭喊阿嬤的夜晚，和我那個被關在學校女廁的夜晚，還有老爸拎著行李箱和白姊姊一起離家的夜晚，是一樣的感覺嗎……

我的鼻子不知為何，有點酸酸的。

我大吐一口氣，想舒緩心情，把夾在文件簿裡一封信取了走出閱覽室。走廊上四下無人。我坐在梯階上，把信重新打開。

它是小草莓寄給我的感謝信。字跡歪歪斜斜的。

她寫說希望能很快再見到江姊姊，說江姊姊送給她的草莓很好吃；她說有一顆捨不得吃，她偷偷藏在抽屜裡，原本香香的，後來爛掉了，她看著草莓偷偷落淚，捨不得丟掉；還被老師罵。

小草莓啊……

我的心頭一緊，眼角也開始酸酸的。

她又寫說她的媽媽以前來外婆家看她時都對她很凶，現在被社工老師找來恩幼之家看她時，她都還是很怕。

但是她覺得江姊姊很溫柔，講小紅帽給大家聽的時候聲音很好聽。

最後她說要偷偷告訴江姊姊一個心願，要我不要告訴老師。

因為她的媽媽來看她，都不會講故事，只是一直唸她；而江姊姊會。她希望江姊姊能做她的媽媽。

小草莓啊……

我的眼淚再也忍不住，撲簌簌滾了下來。

第一次是在寢室裡打開看它，看到一半就趕快衝到廁所偷哭，怕被室友問東問西。雖然已是第二次看這信，仍然忍不住內心的悲憫哀傷，索性把臉埋在膝間抱著腿凝咽痛哭。

討厭自己流淚，叫自己要堅強，所以我強壓住哭意，用手背抹臉。

「擦擦。」一條藍白相間的手帕出現在我的左肩頭。

糟了、糗了、完蛋了，被發現了。我不敢抬頭，當下的反應是趕緊把淚擦掉，不能被人發現自己的醜樣，右手自然馬上接過手帕，急忙往頰上猛拭。

「要勇敢哦。」聲音好溫和、好圓柔，而且有磁性。

我趕緊回頭，視線還被眼中的淚水模糊著，只看到一個身影往閱覽室裡走，根本看不清楚那是誰。

我跳起身，看著手中溼了的手帕。手帕上留有洗衣精淡淡的橘子香味，在鼻腔裡漂浮著。

誰啊？到底是誰？上次那條幫曉雨擦眼淚的手帕還在我的抽屜裡找不到該還給誰耶。相同的手帕應該是同一人吧，這人怎麼這麼神祕啊……

手帕是男用的，所以那個人應該是「他」。

收拾心情，我輕聲走回座位。

晚霞的餘暉照進閱覽室內。像剛剛出去的時候一樣，除了偶爾的翻頁聲外，只有窗外樹梢的麻雀嘻鬧聲。悄悄環顧，偌大的閱覽室，總共只有七個人，心中扣除自己以及另外兩個看起來像是在準備考究研所、不知哪個系的學姊外，只有四個男生。

四個男生中有兩個是坐在那兩位學姊的身邊，又被我扣掉。

第三個男生戴著黑框眼鏡，坐在門邊，很認真地盯著書，手裏的筆轉啊轉的，想到什麼了就會止住轉動、在他的筆記本上快速書寫。第四個男生則坐在窗邊，桌上放了好幾本打開的書，但他的目光卻投向窗外櫻樹上的小燕子，手中是一枝鉛筆，來回地在書本旁邊的紙上塗著。

閱覽室內的男生都有嫌疑，但是以三號男和四號男嫌疑最重。

須臾，三號男伸了個懶腰，把書和筆記本闔上，抓起來起身走出去。

我連忙起身，默默跟在他身後。

從二樓跟到一樓，再追到圖書館大門外。

那背影，和剛剛的背影，以及上次在大典館門口的背影……

沒有在月台爬上爬下，也沒有滾落的橘子，很難認耶。

但是和朱自清的爸爸一樣，身形略顯矮胖。

不是他。擦擦不是他。

我返身，快步想走回閱覽室。

一個身影擋在我面前：「嗨！」

是左子謙。曉雨的小鬆獅狗。

「呃，」我的思緒還沒連接上；「你……」

「不好意思，跟妳約三點的。」

「對啊，你太不守時了吧。」

「哈哈，臨時有點事耽誤了。」他抓抓後腦門，傻笑。「唔？妳的眼睛怎麼紅紅的，是哭——」

「剛剛被風吹的，你知道，華岡的風，吹好大。」

「喔。」很快就相信了的表情。「那妳約我……有什麼事？」

「啊，對了，是你的小天使有東西要我轉交給你。」

「我的小天使？誰啊？」

「噓，你忘了孫老師的規定。跟我來。」我帶他到二樓的閱覽室門口，叫他等一下。我到座位上，翻出那個翠綠色小紙袋，拿出去交給他。

「這是？」他看著手中的東西，傻著。

「這是小天使的心意，你要好好珍惜喲。」

「心意？是嗎，為什麼突然……」他望著我，羞怯的表情，好可愛。我注意到他的臥蠶很漂亮，原來曉雨是喜歡這樣的傻正太。

「因為你的生日嘛，不是今天嗎？她要我祝你生日快樂，裡面還有一張祝福的小卡片。」

「謝謝妳，呃，謝謝那個小天使。」語氣裡還是訕訕的。

「喂，你不問我小天使是男的還是女的？」

「啊，一定是女生嘛，如果是男生，才不會用這種包裝紙的吧。」咦，又不傻了。

「其實、其實……」他注視我，竟結結巴巴。是太感動了嗎……

「怎麼樣？」

「其實我也知道妳的小天使是誰。」

「我的小天使？應該是哪個混蛋吧。」

他竟沒聽出我的語氣轉為生氣：「噓，你忘了孫老師的規定。」

「我沒忘，而且我告訴你，我一點也不想知道他是誰。因為他太混了，我討厭。」

「怎麼生氣了……」

「沒事。祝你生日快樂，就這樣。」我轉身要走，忽然想起自己的情緒不該影響別人；「對了，如果你想要對小天使表達謝意，我很樂意作信差的。」

「喔……」他的表情又傻了，真好笑。這樣的男生應該會給曉雨帶來幸福的吧。

我回到閱覽室，那個四號男不見了。

只剩下他的書本還在位子上。是去吃晚餐了嗎。

我匆匆下樓，往大雅館餐廳走去，一路上目光還不斷搜尋校園裡的身影。

沒有。都沒有。我加快腳步。

餐廳裡也找了一遍，還是沒發現。

不知為何，有一股衝動想要找到他。所以校內每一個餐廳、校外每一家賣吃的店，我都跑進去看了又看；仍然不見他的身影。

其實先前也沒仔細觀察他的長相，也許和自己擦身而過了都沒注意到，怎麼找。真是的，我在幹嘛……

就算找到了、認出來了，然後呢？

手帕還你，謝謝。然後呢？

有必要這麼急嗎……

然後……唉呀！笑小鬆獅傻，我自己才傻。

他吃完飯總要回來的，因為他的書還在嘛。我又跑回閱覽室。

但是等到八點，還沒見他現身。實在餓到不行，我只得溜出去吃東西，吃飽了卻在路上遇到薇薇學姊，就開心地聊起慈幼社的事，把找四號男的事全忘了。一直聊到圖書館快關門了，我才急忙趕回閱覽室收書本和揹包。

結果四號男的桌上，書本已不見了。

「呃，請問，」我見坐在四號男座位附近的一對學長、學姊收拾東西，步出閱覽室，趕忙上前問；「坐在那個窗戶邊的同學，今天晚上有來嗎……？」

戴厚眼鏡的學長回頭望了一眼：「有呀，他剛剛才走。」

我有點懊惱。「謝謝。」

他們往樓梯方向走去，戴髮帶的學姊卻突然回頭說了聲：「他每天都會來喲。」

我深吸一口氣，給她一個微笑：「謝謝學姊。」

第五話

心中掛記著一件事，生理時鐘就會特別準時Morning Call。第二天清晨六點半，我的眼皮就如上了彈簧的窗簾自動彈開。梳洗後衝到餐廳吃早餐；還帶了三份早點回來給室友。直到我抓起書本離開寢室，除了曉雨睡眼惺忪地望我一眼：「妳起來尿尿啊？」就翻身再睡外，她們都是維持睡死狀態。

圖書館開門的伯伯見我站在門口，嚇了一跳：「這麼用功啊。」我聳聳肩，衝上二樓的閱覽室，心中也不知在期待什麼。

我在昨天那個角落的位子坐下，這位子視線可看到全部的閱覽室。

這時室內只有我一個人，但是……

四號男窗邊的那個座位上，竟然已經有厚厚的書本放在那兒了！

原來我還不是最早來的。圖書館的入口不只一個，他應該是從另一個門進來的。幹嘛這麼用功，是大四了，準備參加國考或研究所考試嗎……

等一下。也許，那不是四號男的書；而且，四號男究竟是不是擦擦，我也不確定吧。到底要如何才能確定？如果確定了他就是擦擦，然後呢……

我起身，往窗邊的座位走去。至少我可以先確定他是唸什麼系的吧。

座位上的民法總則、心理學和筆記簿，整齊地疊放著，旁邊還有一個筆袋。一個天藍色的背包斜靠在椅背上，背帶上還吊著一個微笑著的外國小男童公仔。

是法律系？心理系？還是和自己一樣唸社會系？

走廊上傳來腳步聲，我趕緊回到自己的座位。進來的是別人。

他應該是把書本放這，先去吃早餐了吧。

八點在大成館的教室有課，但是我等到七點五十五分了，都還沒見這些書的主人出現，只好趕緊抓起書本往教室衝。

兩堂社工概論的課上下來，我的目光不停在教室前的白板與桌上的教課書間游移，但心思卻在教授的聲音與擦擦的聲音間飄浮。

擦擦……

要勇敢哦……

溫暖、圓柔，彷彿來自天籟的聲音。好想再聽到。

兩條手帕上都有橘子的芬芳，給人放心的乾淨感。

模糊的背影有著溫和的聲音…藍白相間的手帕，就像天空中懸著長白雲……

一隻細白的手掌在我眼前揮；我回過神。

「主竹，不舒服嗎？」坐在旁邊的曉雨悄聲問。

我搖搖頭，趕緊打起精神逼自己專注。

她的手還是伸在眼前。我望望她，她抿嘴笑說：「向妳借立可白講了兩次妳都沒聽到，是在想情人夠？」

我把立可白遞給她，順便把眼白部分給她看。

下課前五分鐘，教授開始點名。

幾個常蹺課的傢伙被點到；其中點到秦勝華時，班上浮出驚異的聲音。

因為這是自開學以來，他第一次出現在這門課的課堂上。

「很高興認識你。」教授抬眼，幽默地說。

「Me too.」他一派瀟灑回答。

「希望你期中考順利。」

「Thank you, professor. I do my best !」

班上傳說，秦勝華之前唸經濟系，降轉中文系，今年再降轉社福系。他轉系不是因為找不到自己的興趣志向，而是找不到夢中情人。他還在迎新晚會上向全系宣布，今年一定會在社福系定下來唸到畢業，因為他發現今年社福系的大一女生多正妹，是先前在經濟系與中文系都找不到的；一番話引來哄堂噓聲他也一臉無所謂。對於這位連續三年以新生身分參加迎新晚會的老生，班上同學都依他自己的要求稱他江湖上盛傳已久的渾號：「情聖」。

他的蹺課絕招最被傳頌的就是：趁著教授低頭看講義、趁著華岡的大霧飄進教室來，他人就在霧中飄出去，神鬼不覺，天地難知。

家境富裕的他在東區可是開了好幾家精品店，上山下山都是名車代步。別看他混仙一個，長年在班上見首不見尾、或是只顧著經營精品店生意與把妹，整學期不見蹤影，若非有兩把刷子，早就被死當光光，哪還能隨色心逐肉欲的要轉系就轉系。

不論是誰，唸書時一定都有一種潛意識的認知：以個性、興趣、態度來分，班上某些同學和自己很對盤，會很想和他或她作朋友、成為知己。但是某些同學就是會讓自己不禁自劃界線、橋道分鑣，覺得非我族類，甚至覺得討厭。

秦勝華就是我潛意識裡不想打交道的傢伙。

我喜歡堅持、專一、善良、有內涵的人。秦勝華的態度告訴我，他不是。

但是，客家人有一句俗話說得好：怕鬼遇到鬼。

意思是，你愈害怕、愈討厭的鬼，你就愈有機會遇到。

下課後，我陪曉雨一同到系信箱去丟信給左子謙。曉雨好像很喜歡左子謙，尤其是得知她與他可能彼此互相是小天使與小主人後，就三不五時嚷著這麼巧的機緣，一定是命中註定的安排之類的話。

還沒抵達系信箱前，她就已經問了我五遍昨天轉交禮物時的細節、左子謙收到時的反應、他的臉上有沒有笑容等等。我提醒她，人家可不一定知道是妳送的，她卻蠻不在乎，說什麼最後一定會知道、彼此一定會感動的、最後一定會幸福之類的日劇對白，讓我不知該如何回應。

不過論外型，小萌女配美正太，這樣的組合，我喜歡，看了就有幸福感。

把信放進系信箱，她還閉起眼睛，對著信箱雙手擊掌合十，膜拜默禱一番。

然後，她的手機就響了。她接起來，居然是左子謙打來的。

說是有事情找她談，想約她在山仔后的麥當勞見面。

是上帝應許了她的祈禱？還是系信箱裡有養小鬼？這麼靈哦。

曉雨笑成一朵小太陽，說聲結果回來再跟妳說，就像小麻雀一樣；邊跑邊跳地飛走了。

驀然孑身的我，想起藍白相間的手帕。

可能是接近期中考了，閱覽室裡人多了起來。那個四號男的位置……有人坐了！那人是……

傳說中的情聖：秦勝華。

桌上的書是剛剛上課的社工概論，而不是原先那三本；座位掛著外國小童公仔的背包也不見了。他應該是後來才進來的。

四號男如果是他，昨天我不可能沒認出來……

他雖坐在圖書館裡，心可沒放在書本上，兩隻賊眼四處亂轉，不知在打量掃瞄些什麼。

忽然他瞄到站在走廊上的我，趕忙起身走出來：「嗨，同學。」

「嗨。」我也禮貌地回應。叫同學？看來連我的名字都沒記住。

「聽說妳經常上圖書館，看來妳很用功喲，社工概論的筆記借我印？」

「哪有，你聽誰說的？」

「子謙說的。我和他同寢室。」原來是曉雨的小鬆獅。

「你住宿舍？我聽說你住豪宅耶。」

「哈，我喜歡妳的幽默。的確，俗話說的好，俊男有三窟，我家是住在東區，不過不是豪宅，但我也一定登記住宿，妳知道的，這樣才能掌握人脈與課程進度。」

我沒有耍幽默耶，這真的是班上的傳說。而且，俊男有三窟？這句俗話是哪一國的？「所以，快要期中考、期末考時，你就會上山來住宿舍，好向同學借筆記、問考試重點？」

「哈，我喜歡妳的聰明。」他陽剛的臉型配上濃眉、挺鼻，加上高個子，果然是一般女生會喜歡的型。

「看來果然如傳說中的，你的事業做很大齁？」

「還好啦。想買什麼漂亮衣服、手飾、名牌包包，儘管找我，同學價優待。」

「同學價？」

「五折。但借我筆記的五折後再五折。」

「那是多少？如果是你店裡最便宜的包包的話？」我對名牌和精品完全沒有概念。

「五折五折後就只剩五萬左右了，很便宜吧？」他說了幾個知名品牌。

「我是說最小的包包，可以放在口袋裡的那種，也要五萬塊？」

「我說的就是最小的包包。」

「看在同學的份上，我借你筆記，但是條件是，以後不要再跟我提起你的生意，我一點也不想買比我幾個月生活費還貴的東西。」

「啊，這樣？」他接過我從揹包裡取出的筆記；「哈，我喜歡妳的節儉。妳跟其他的女孩不一樣。」

「一樣、一樣，都一樣，我只是不喜歡名牌精品而已。」高中的假柔事件，讓我最討厭跟別人不一樣了。

「為了感謝妳，請妳一杯咖啡。」

「不必了吧，你印完趕快還我，還有其他同學要向我借。」室友們都要我的筆記。

「要不然妳跟我一起去，看總共還要印幾份，影印費算我的。」

經常自費請室友吃早點，也確實花了我不少錢，既然他這麼說，算是有同學愛，而且應該算是為曉雨她們出的，我沒多想就答應了。

我們一起走到山仔后附近一家影印店；這店的影印費比較便宜。

「哦，原來妳叫江竹鈴。」他翻開我的筆記，看到我在首頁的名字。

「你也太混了，班上同學你該不會只認識子謙吧。」

「哈，妳猜錯了，我們寢室還有郭倍。」影印機的綠光照著他的臉，把輪廓描出來，果然是傳說中的帥。

「對喲，你和郭倍還打了一個臭屁的賭。」

「妳知道我們打的賭？對了，妳覺得班上最漂亮的女孩是誰？」

「我不知道，也不想出賣好姊妹，只為了你們無聊的賭博。」

「哈，我喜歡妳的義氣。」他快速地翻頁印著：「不過聽說班刊出刊在即，有作統計，到時候就知道了。喂，看妳的表情，妳該不會還沒交回問卷吧？還說我混，妳好像也差不多。」

我想起問卷還塞在自己寢室的抽屜裡，根本還沒寫：「我對這個不感興趣。」

「身為社福一A的一分子，對班上的活動要有參與感嘛，不然會被人說成是不合群，會被排擠、被冷落的。」

排擠？冷落？我竟然沒想到。我怕。他說中我的死穴。

「好嘛，我待會就趕快填一填交回去囉。那，是每一項都要填嗎？」

「至少誰最帥的那一題一定要填吧，而且一定要填我，對吧？」他給了我一個俏皮的表情，惹得我笑出來。

「哈，妳終於笑了，妳明明很漂亮，為什麼臉上總是憂鬱憂鬱的。」

「哈，我是嘲笑你夠自戀、夠臭屁。」

「常常笑才會有人緣。」

我沒有經常保持笑容嗎……是對別人的防衛心太高，還是太悲觀……

他把筆記還我，還多印了三份夾著：「走吧，請妳一杯咖啡答謝妳。」

我沒反對。這筆記可是作得很用心完整，復習時還加入很多相關資料，值得一杯咖啡。

我們步入星巴克。我點了一杯冰摩卡。

在等候店員調配時，我隨口找話題：「那班上最漂亮的女生你選誰？」

「妳囉。」

「虛偽。明明只知道是班上同學、連我的名字都不知道的說。」

「哈，被識破了。說真的，我會選小雅。」

「小雅？蘇詩雅？」

「她夠大方，臉蛋身材都不錯，而且我猜她會是這個選項全班最高票。」

「嗯。我猜也是。」

「當然，最帥的帥哥我是投自己一票的啦。」他學花輪撥撥瀏海，一副睥睨全天下男人的嘴臉，看起來好欠揍。我又被逗笑了。

他望了我一眼，「妳真的應該常常笑。」

店員把我們的咖啡放上櫃檯：「謝謝，請慢用。」

我們併肩步出店門。我只低頭注意手中的杯子，沒留意他忽然靠過來，左手還舉高：

「來，笑一個。」

我抬起頭發現：他拿手機在自拍，把我們兩個都拍進去。

一陣莫名的恐懼感襲上心頭，我倉惶驚悸大喊：「你在幹什麼！」

他被我突然的反應嚇得彈開：「沒、沒有啊，不過就是拍一張而已嘛。」

我尖聲叫道：「不可以！你給我刪掉！快刪掉！」

我的反應這麼大，旁邊經過的人恐怕會以為他是偷拍的色狼。

他倒退三步，望著手機，再望我一眼：「沒有啊，只有拍到我們的臉，又沒拍到妳的裙底風光，幹嘛這麼緊張？怕被男朋友誤會？」

「不管！你刪掉！」我衝向他要奪下手機，聲音幾乎已變成歇斯底里狀態，也不知自己在惶恐什麼。當下我就是覺得馬上會發生什麼可怕的事，不安全感立時壓得窒息，腦海裡只剩一個念頭：「不刪掉我會死、一定會死在廁所裡」，所以瞬間已沒有理智可言。

見我衝向他，他竟加快腳步逃開，還不時回頭在手機和身後追逐的我身上來回巡視：

「不要，我手機桌面的正妹也該換一個了。」

正好經過、穿體育系運動服的一位學長抓住他的手：「欺負學妹？」

「沒有啦，我只有拍合照而已，不信你看。」他把手機交給學長。學長接過，按了幾下，再瞥我一眼：「嗯，真的只有一張。其他都是別的正妹，也沒有不雅照。原來是情侶鬧著玩，那，手機還你。」

「我不是他的女友！」

學長聳聳肩，不置可否地離開。他見主持正義的人捨我而去，想馬上逃開，換我一把抓住他的手：「刪掉！」他卻把手機換到左手，高高舉起，還左晃右晃，超過二百公分高度的手機害我一跳再跳也搆不到。

喀嚓一聲！想不到他趁我為搶手機貼近他時，左手突然按下快門鍵。

「啊！」我失聲尖叫。

他見我怔住，把手機螢幕轉向我秀第二張照片：我眼睛睜好大，那角度看來好像與他彼此臉頰快貼住了！

一定會被誤認為是在交往中的一對……

「你快刪掉啦！」他跑開，我像瘋了一樣追他，想搶下他的手機。但我揹著裝書的背包，他又人高腿長，隨便跑都快，怎麼也追不上。

「哈，除非妳說妳的男朋友是誰，否則不刪。」

可惡的哈伯！我覺得自己快死掉了他竟還覺得好玩，有沒有人性呀。

我們一前一後往學校裡衝，我已經喘不過氣來了。

「拜、拜託你，快刪掉、刪掉啦！快刪掉——！」聲音尖得我自己都嚇一跳，什麼形象、旁人的側目都不管了，我像溺水般以本能反應在求生，被別人認為瘋了也不在乎。

「不刪就是不刪，怕什麼？男朋友會吃醋啊？」他蠻不在乎的嘴臉真令人生氣。不要讓我追到，否則一定把你的頭髮抓光光，讓你變成大禿子！

「不要跑、不要……求求你了！刪……」見他愈跑愈遠，我急壞了，上氣接不到下氣。遠遠地，聽到最後說了一句：「我把它上傳到部落格好了」，他人就消失在視線範圍裡。

「為什麼要這樣……」我的雙腿軟了、鬥志沒了、心快死了，完全癱坐在地上，淚水像潰堤般湧出。

我恨死了帥的男生。自戀、自私、自大、自以為是，而且還很幼稚！

兩個好心的女生走過我身邊：「妳沒事吧……？」

我逐漸恢復，趕緊站起來，以手背抹去淚水，搖搖頭，想找個地方躲起來。

我忍住心酸的感覺，跑到圖書館二樓，本想把座位上書本收進包包裡，躲回寢室，又怕室友們問東問西，所以又把書本和包包放下，在校園裡胡亂走著。

無意識地走到曉園，風把我的髮吹開；連同淚水。

台北盆地的景緻全入眼簾。這兒前方的草坡，晚上是情侶談情的好地方，現在大白天，只剩我孤獨一人被風吹。

我讓風把臉頰上的淚吹乾，暗自發誓以後再生氣、再委屈，都不許再落淚。因為在風中，我想起一個溫和、圓柔，有磁性的聲音。

過了就會好……

要勇敢哦……

一定要勇敢哦……

這是不是就是天使的聲音啊。

自己的情緒都控制不住，怎麼能勝任助人的社工工作。

給自己打氣，把心情重新整理起來。

我跑去圖書館的廁所洗一把臉，告訴自己這叫洗心革面。然後跑去校外的麵店叫了一大碗魯士乾麵大嗑一頓。吃飽後躲回寢室大睡一場，哭過真的很累、很傷神，尤其是為可恨的秦勝華那種幼稚行為發怒，真是不值得。

醒來覺得心情平復許多，看看腕上的錶，已是下午四點多了。

我回到圖書館二樓的閱覽室；打開原本就放座位上的心理學書本，想找到「動機與情緒」那一章，希望有新的體悟。

書扉裡出現一張小信封。

淡藍色的信封，有白色的斜線鑲在四周。

心忽然悸動。因為藍白相間……

「小主人竹鈴啟」

信封上的字很工整，很優雅。

誰啊，是自己的小天使嗎……

我小心翼翼把封口的小貼紙撕開，取出信箋。

「小主：

對不起，我來晚了。

班上傳說小主有點憂鬱，是為什麼事情不開心呢。小主不喜歡以貌取人，也覺得大家都習於以貌取人、評斷人，是嗎？我們看到胖的人，馬上聯想到的就是好吃、懶散，而不是樂觀、開朗，看到美的人，總是先聯想到人緣較好、嬌生慣養，殊不知美的人也有煩惱，不一定比較幸福。其實這不就是刻板印象嗎？無法馬上看透一個人，只憑印象與直覺妄下斷語，因而產生誤會傷人也在所不惜，這就是身為人的渺小與無知，但也是人可愛、有趣的地方。如果這樣想，小主的心情會不會快樂一點呢。

真正的快樂不是獲得的比別人多，而是計較的比別人少。希望下次聽到的是小主的笑聲喲。祝福小主。

小天使」

信箋中還別著一張小書籤，一個背上有一對翅膀、笑得眼睛都瞇成兩道彎虹的小童子，看起來好可愛。

這是誰啊，好像知道一些我的事情。而且，知道我的心情。這感覺，好像……他真得在我背後觀察我一樣。我猛然回頭，懷疑自己有背後靈，不禁打了一個冷顫。

唉唷，哪個傢伙把閱覽室的窗戶打那麼開，原來是一陣風吹進來。

第六話

回到寢室，室友的目光像餓虎看到小羊，馬上射向站在門口的我。

「筆記？筆記？」芫媛像快沈入河底般，肥短的手猛力向我的背包招手，嘴角上還含著吸管。她把秦勝華送的那杯摩卡吸完了。

小天使說，看到胖的人，不要一下子就認為她好吃、懶散，而要想到她比我們樂觀、開朗。不管卡洛里多高，已經吃得多飽，她還是樂觀開朗的把摩卡喝掉，以免我又想起早上的不愉快。

「謝謝妳幫我喝了它。」

「啊？不好意思，我看它放在妳桌上很久了，怕不新鮮，所以——」

「我是說真的，因為那是別人送的，我也不想喝。」

我把影印好的筆記取出，她們三個臉上發光，接過。

「哇，主竹寫得好詳細。」曉雨讚嘆道。

「妥當了，考前再把竹鈴的筆記全背下來，期中考就妥當了。」詩雅把影印的筆記放進抽屜裡，繼續看著她的部落格。

「哦，我順便帶了一點消夜，不知道妳們是不是願意幫我也──」

我從背包裡拿出滷味，她們的目光才又再集中在我手上。一致的起身、接過、打開、啟嗑，以無聲的行動證明了她們願意。

「曉雨，和小主人的約會結果怎樣？妳該不會告訴他妳是他的天使了吧？」

「喔，約會了？」詩雅馬上好奇起來。

「才沒有。不過，他對我很好。」曉雨啃著雞翅；「還問了很多關於我們的事。」

「我們的事？是說我們四個啊？」芫媛把豆干塞滿嘴問。

「嗯啊。」

「怎麼會對我們好奇？咦，難道也想和我們寢室聯誼？」詩雅邊啜海帶邊問。

「喲厚！要要要，我一定要參加。」芫媛不知在興奮什麼，豆干渣從嘴角噴濺出來，被詩雅大聲斥責：「喂，衛生一點，別噴！」

「不知道耶，他也沒說，只是一直問。」

「他住大倫館嗎？同寢室是些什麼帥哥？」

「聽說他是和秦勝華、郭倍還有另外一個別系的同住。」

「唉，那就沒什麼搞頭了。」詩雅嘴一撇，搖搖頭道。

「什麼沒搞頭？情聖很帥的呀。」芫媛嘴裡還在嚼，手裡的竹叉已經往米血糕猛戳。

「拜託，用妳的腦。左子謙一定跟曉雨配的嘛，就算那個別系的室友也是帥哥，兩個帥哥配兩個美女，啊剩下的郭倍，妳要啊？」

「為什麼我一定要和郭倍配對？不是都用抽的嗎？看是要抽手機還是抽鑰匙。」

「如果左子謙抽到妳，妳要被他載、和他手牽手玩遊戲、和他坐鄰座看電影？那妳把曉雨當做什麼？人家曉雨已經跟他在約會了。」

「那就扣掉他和曉雨，我們三個被抽囉。至少我還有三分之二的機會抽到帥哥吧。」

「那個別系的帥不帥可不知道哦，而且如果秦勝華抽到妳，妳覺得他會想跟妳互動嗎？」

「怎麼會不想，好歹我也是楊貴妃再世，華岡豐腴之花好不好，而且我也有純情的一面，不容忽視吧。」

「不行不行，只剩下妳們兩個被抽而已。」曉雨忽然插嘴。

「為什麼？」她們異口同聲。

「因為秦勝華和主竹也要先被扣掉，不能用抽的決定。」

原本靜靜聽著的我，剎時被六隻眼睛的目光鎖死。我莫名不知所以，只能兩手一攤，疑惑地看著曉雨。

「為什麼？」詩雅和芫媛又異口同聲。

「因為那杯摩卡咖啡呀。」曉雨指指桌上的空紙杯，再意有所指地給我一個曖昧的微笑。

這時一定有一朵雷雨雹偷偷飄到腦袋正上方，不然我怎麼會有即將被雷劈電擊的不祥預感！

「誒？那，意思是……」詩雅和芫媛的目光在我、咖啡紙杯間來回游移。

「嗯哼，那是情聖送的喲。」曉雨俏皮一笑，天真的她殊不知已將我推向暴雨區。

「啊！原來妳已經跟他在一起了？」芫媛大叫。

她的聲音像五道雷電轟頂一般，讓我一陣暈眩，差點昏死過去。

「在一起多久了？是他追妳的還是妳倒追他？什麼時候開始的，怎麼都沒有徵兆？」詩雅也急急追問。

「哎喲，兩人在星巴克喝咖啡，在校園散步約會，對吧？好浪漫呀。」浪漫個豬頭啊芫媛，剛剛才把呈堂證物喝下去的是誰呀。

我眼角餘光一掃，發現隔壁寢室的學琪和綺安不知何時竟也站在寢室門口，完全就是一副被八卦新聞牢牢吸住的模樣，根本忘了自己進來找誰。

「等、等一下！」我雙手狂搖；「我沒有和他在一起呀，他也沒有追我，妳們不能只因為他請我一杯咖啡就認為發生過了什麼。同學間請吃東西很平常的。」

「那他怎麼不請我？」詩雅語氣冷冷地說。

「不是妳們想的那樣，是因為他跟我借筆記去印為了感謝我才請我的，而且而且後來發生一些事我也不想喝了所以所以就把它撇在桌上根本就忘了這件事的耶，還有還有芫媛妳別忘了剛才妳的嘴角還咬著吸管留有咖啡汁的吧。最重要最重要的是我根本不可能喜歡他怎麼會跟他交往。」我急於解釋，劈歷啪啦講了一長串。

「先說不能因為請喝咖啡就認為發生過了什麼，又說後來發生一些事，嗯，有古怪，講法前後矛盾喲。」綺安一臉不信，放我一槍。

「為什麼不可能喜歡他？只因為妳已經宣告討厭帥的男生嗎？要知道世事多變哪。」芫媛再補一槍。

「借筆記應該只是藉口吧，這招很多男孩子都會用，老哏了，借完了就約去喝咖啡談心才是真的。」詩雅以聯誼女王之姿，展現她對狂蜂浪蝶的專業觀察心得。

「我真的真的沒有和他一起喝咖啡，只是外帶而已，而且他說要順便幫妳們影印筆記，我想說可以省一點才答應的，妳們不能拿了人家的東西還說人家的八卦呀。」

「原來影印的筆記是他送的？好大方呢。」

「啊，對了，我和學琪是來向竹鈴借筆記的，想起來了。」

「摩卡咖啡、影印的筆記都是秦勝華送的，那這盒滷味該不會也是他順便送的吧。」

「原來如此。這樣也不錯呀，室友有個富家男友，以後我們就有口福了。」

「我也好想嫁入豪門喲。」

「不過只送滷味，好像和富家小開的身分不合，至少應該送個鼎泰豐的小籠包一類的吧。」

幾個女生你一言我一語，愈說愈離譜。我急了：「妳們太沒良心了，除了今天的咖啡和影印筆記，之前請妳們吃的喝的還有、還有這盒滷味，真的都是我自己買的啦！」

「好，那妳說，後來到底發生了一些什麼事？」學琪問。

「就是因為他，因為他……」

因為他幼稚、無聊，偷拍了我的照片，我不知為何突然歇斯底里恐懼起來，追著要搶他的手機，他卻自以為好玩的把我氣哭了……這段經過如果說出來，不知她們又會作何聯想？我猶豫說不出口，實在不知和同班同學合照而已，自己卻那麼激動，到底該如何解釋。

「我來說，」詩雅見我支吾半晌，斬釘截鐵道；「因為他趁機偷偷吻妳，奪走了妳的初吻，妳很生氣，就要追打他，後來還賭氣不喝他送的咖啡了，對不對？」她一副照我聯誼女王的豐富經驗看來，劇情應該這樣走才合理——不是，才合觀眾期待的樣子。

「歐——，初吻！」寢室內馬上響起一陣興奮起鬨聲。

「沒有！真的沒有！才沒有這段啦！」我好恨秦勝華。

「那來問目擊證人。曉雨，妳一定看到了什麼吧？」

曉雨像闖了禍的小孩，看著窘迫的我，怯怯道：「啊？我沒有看到什麼……」她一定是覺得自己剛才亂玩火，無心的燒到了我，內心愧疚得很。

「真的嗎？連咖啡都知道是誰送的，怎麼會沒看到情聖偷吻她的過程？」

「不是偷吻啦，只是用手機偷拍她而已。」曉雨急忙解釋。

她素心地以為這樣解釋是擦酒精消毒，天知道其實是提酒精桶救火。

「那也不致於生氣到不喝他送的咖啡吧。真的只有這樣？」

「我也不知道，只有看到主竹跑著追他，要他刪掉，兩個人拉拉扯扯而已。」

「拉拉扯扯要他刪掉？那是幹嘛？他偷拍妳的胸部啊？」學琪問。

「不可能吧，大庭廣眾的，啊，既然有拍照，來看一下到底拍了什麼。」詩雅馬上坐回電腦前，打算進秦勝華的部落格和臉書上搜尋一番。

我將曉雨一把拉近身邊：「妳怎麼會有看到？」

「人家和子謙在麥當勞，坐在大落地窗旁邊聊天，剛好就看到他和妳走進星巴克又走出來的嘛。」

唉唷，我完全忘了她當時和左子謙是約在山仔后的麥當勞。

「啊，照片在這。原來是兩個人的合照。」詩雅、芫媛、綺安和學琪圍在電腦前叫道。該死的哈伯，真的把照片上傳他的部落格和臉書上。

「不是洩底照或穿梆照啊，而且看起來兩人還很甜蜜嘛。」詩雅酸溜溜道。

「哪有甜蜜！妳沒看到我一臉錯愕嗎？是錯愕不是甜蜜！」我瞪著那張放在首頁的照片，大聲澄清。

詩雅拉了一下滑鼠，幾個人又是一陣驚呼：「哇！臉貼的這麼近！」

是那張我跳來跳去、要搶他高舉的手機時被他偷拍的第二張照片。

「那是由上往下拍的，我跳著要搶他的手機，被他硬拍的，不是妳們想像的那樣啦！妳們看妳們看，我的手臂是高舉的啦。而且我的眼睛睜那麼大，就是在搶他手機才會這樣的嘛！」

「是妳那隻手拿著手機拍的嗎？」

「拍照的時候眼睛攏嘛愛睜大一點，照起來才漂亮啊。」

「不是！為什麼一定要這樣想呀！」我急得快哭出來了。

她們又繼續七嘴八舌說長道短，最後連「拉拉扯扯原來是在嘻嘻哈哈打情罵俏」、「照片放在部落格首頁，就是宣示女友主權嘛」這些鬼話也說出來了。

只憑印象與直覺妄下斷語，因而產生誤會傷人也在所不惜，這就是身為人的渺小與無知。

但也是人可愛、有趣的地方。

這兩句話乍然浮現耳邊；我原本焦灼的心，竟因而冷靜下來。

面對眼前這群聒噪喧鬧的女生，我好奇於說人是非竟能如此興奮異常，到底是怎樣一種心理活動。

身邊的曉雨見我忽然異常平靜，語氣擔憂地問：「對不起啊，我不知道妳不想讓她們知道。妳還好吧？」

我給她一個微笑，聳聳肩：「沒關係。」

這樣算是哀大莫於心死嗎……

期中考愈接近，圖書館裡位子愈難找，考前幾天根本座無虛席。我下課後若非待在寢室，就是躲在校園的角落抱佛腳，也沒有繼續再尋找擦擦的蹤跡。

另一個沒去圖書館的原因，是忽然發現自己變得很重要。除了自己寢室的室友外，隔壁寢室的、租屋住在校外的、B班的、降轉的、別系選修的同學，甚至大一時某科被當的學長姊，都聞風前來借筆記、問重點。不知道是誰傳說讀我的筆記保證歐趴，害我借筆記或提示老師上課重點時，總要再三強調：僅供參考，未必會出。

而且傳說的理由中，竟有一個荒謬的原因傳到我耳裡：「因為她已經宣告不喜歡帥哥，那應該會比較有時間用功，所以筆記的功力就像葵花寶典一樣」

葵花寶典？意思是我宣告不愛帥哥，就像東方不敗一樣先自宮了，所以能練出絕世神功？

唉，八卦的威力實在太誇張。我不過是孤獨寂寞而已。

不過不管理由是什麼，被人需要的感覺還不錯，至少自己有存在感。

因為自己沒有男友，期中考準備起來真是輕鬆，但平日外務繁忙的室友與同學們可個個緊張兮兮，考前一星期每天都在狂啃猛K。我怕別人認為我太囂張，也不敢表現得太閒散，整本心理學課本都已經被我唸完了，都還得再複習幾遍。

接下來一星期就進入期中考。這考試有個好處，平日愛討論的八卦話題，這時都會被拋到山下馬路的水溝裡，完全無人再提。

期中考的最後一科是周五下午考的「社會福利概論」。鐘聲響起前班上的康樂股長見難得全班到齊，起身喊道：「考完了請大家記得，晚上七點要來參加社福系學長姊在大成館與中堂為我們辦的迎新生舞會喲。」

「一定要參加嗎？」

「又不會點名，未必要去吧。」教室的角落裡傳來有人不想去的異聲。

說中我的想法。因為薇薇學姊已經先跟我說她考完要回高雄家中幾天，所以不會來參加舞會，映君學長當然會陪她隨行；而大三的學姊要準備社工師國考、大四的學長則準備研究所考試每天都到補習班報到。自己的直屬學長、姊都不會到場的舞會，好像沒什麼好玩的。

「請大家務必參加。沒有參加的人就太不合群了，大給供丟毋丟啊？」班代張淑卿起身道德勸說，展現她的權威。威嚇的威。

「丟！」班上的幹部群起附和，聲勢驚人可比選舉造勢晚會。

「而且明年我們就提名推舉沒出席的人為康樂股長和服務股長，讓他們辦理迎新活動，嚐嚐被冷漠的感受，大給供赫不赫啊？」

「赫！」

原先的異議聲就在班上幹部展現大團結的氣勢中被壓制住。看來若不想在大二自找麻煩，不願去也不行了。

社福概論的四題都不難，很快就寫完了。抬頭觀望一下，還沒有人交卷。我可不想成為第一個交卷的，要不然日後傳出葵花寶典果然厲害，想考上社工師就得像江竹鈴一樣宣告不愛帥哥之類的無聊話題，心情會不好。所以我又低頭，把每題後面再加以延長申論，甚至連現行制度的良窳都予以痛下針砭一番，寫到考卷面積都不夠了，還拉長線放風箏寫到背面。

直到考卷正反面都寫滿了，才看到陸續有人交卷。第一個交卷的是秦勝華。

反正距離下課鐘響的時間也不遠，我索性打消提早交卷的念頭。我瞥了曉雨一眼，發現她眉頭微鎖，彷彿被什麼難題困住了。

不會吧，這四題考前我都抓到了呀，還寫了正確的解答讓她背的。就算忘了背，我平常做的筆記裡也有的……我暗自為她祈禱。

也許是我偷瞟曉雨的樣子被講台前的老師發現了，他走過來站在我身邊。

我怕他誤會我有作弊意圖，不敢抬頭。

他見我沒有動筆，伸手把考卷拿起來。須臾又放下，竟說：「還需要加紙嗎？」

「誒——」、「哇——」附近傳來聽到的人的驚嘆聲。

我搖搖頭。趕緊收拾紙筆起身交卷。

我在走廊上等鐘聲響起。曉雨嘟著嘴走出來，我靠上去。

曉雨說她忽然忘記了第四題的答案。那是一個比較冷僻的專有名詞，要先解釋、再例舉及申論其在現行體制下的運作模式。

我怕她太難過，直說沒關係，盡力就好、盡力就好。

「好吧，考完就算了。」她原本蹙著的眉，因此打開；「奇怪，聽妳說話，就是會放心。」

「聽我說話就是會放心，聽妳的子謙說話就是會開心吧。」

「幹嘛取笑人家啦。」好啦，她笑了。笑得那麼嬌羞。

我們併肩走回大慈館，邊走邊討論著這次考試的一些題目該如何解答，還有聽曉雨說著她和子謙聊天相處的經過。

迎面有幾個男生走過。

這時恰有一陣風吹過。

橘子香拂去所有難過。

我的頭不自覺地回過。

夕陽餘暉將人群穿過。

霞輝中我的目光透過。

一個白色身影、在人群中緩緩移動，讓我的張望成為凝視。

被隱藏的期待在不經意間被揭開，胸口的心頓時加速跳動。

依稀見過的身影。讓人平靜的味道。

那是……

「怎麼了？」我像被點了穴道，曉雨見狀止住了原先的話。

我根本來不及反應她，下意識回身往那個白色身影追過去。

那一瞬間，腦海裡有一股衝動：我一定要看到他、知道他是誰，也許錯過了，下次就再也遇不到他了。

為什麼會有這種念頭，我不知道；看到他之後又該說些什麼、我也不知道。在當下，就是單純只想看清楚他的模樣。

我心目中的天使的模樣是……

過了就會好……

要勇敢哦……

那白色的身影，會不會在我的眼前幻化出一對翅膀，展開，舞動，浮起，昇空……

突然擔心他昇空後就不會再與我重逢，加快了腳步，卻好像怎麼樣也追不上他輕盈徐緩的步伐。我忍不住輕喚：「等一下！」

因為剛下課，校園裡人很多，幾個迎面而來的人和聽到呼喚聲回頭的人望向我，但那白色身影並沒有回頭或停下腳步。

「等一下！」鼓起勇氣再次輕呼。

第七話

白色背影在熙熙攘攘人群中忽隱忽現；我必須目光緊盯，不斷閃過迎面而來的人。

「嗨，同學。」一個高大壯碩的身形擋在面前；「趕著去舞會？一起去吧？」是秦勝華。

「喂，別擋路！我不去啦。」我左閃右躲，他一臉乖滑故意不讓開。

「不去，是有意角逐大二的班代還是康樂嗎？」

「我只是不想成為被人說長道短的主角，不是要角逐什麼。喂，好漢不擋路。」

「我不是好漢，我是帥漢。」他撥撥髮梢，故作瀟洒。

「你是莽漢。最好你不是痴漢。」白色背影已不見，無名怒火上我心頭。

「咦，生氣了？」他終於注意到我板著一張臉。「氣我不記得妳的名字？」

「最好你永遠記不得。」

「你叫江竹鈴，我怎麼會忘記。」

「對，我就是被你害的江竹鈴。」

「我害妳？」

「請你把放在部落格和臉書上的照片移除，尊重一下我的感受。」

「為什麼？大家的反應都很不錯的呀。」

「反應？誰的反應？」

「妳既然知道我的部落格上有我們的合照——」

「不是合照，是你偷拍我的照片！」我惡狠狠打斷他。

「好好好，既然妳已經看過偷拍的合照，那妳一定也看過了訪客的留言啦，幹嘛還裝蒜呢？這樣就有點做作囉。」

啥？還有訪客留言？那晚是詩雅她們圍著電腦起鬨，我根本就沒心情留意什麼留言還是流沙的。

「真的沒看啦！氣都氣死了！」

「大家都說我們很匹配呢。」

「應該是屁啦、我呸吧！」我已經氣到口不擇言了。

「自古英雄愛美人，君子配淑女，雖然妳生氣了，但我還是認為妳是美人、是淑女。」

「好啦，我知道你自認是英雄、是君子。可以讓一下了吧。」

「因為自從上次和妳相遇至今，只要上課，我都一直有在觀察妳。」

「走開啦。」他老擋在我面前。

「就算妳生氣，也氣得很美。」他硬是盯著我的眼睛故意很正經地說，明顯是在放電。

「妳的喜怒悲歡，與我的呼吸心跳緊緊相纏。」

一定是撞到髒東西了。我的背脊一陣冷顫，眼白不自覺直往上吊。

我要遠遠離開這個傢伙，以免遭遇不測。我急忙返身要找曉雨，原來曉雨一直跟著，已經在我身後。我原本拉起她的手想回寢室，但發覺她臉色有異。

「抓到了厚，還不承認？」曉雨身後閃出一個身影。是詩雅。

「事、事情不是妳想像的那樣啦。」我有點慌。

「我沒有想像什麼，一切眼見為憑。」她露出一抹微笑，笑裡藏著曖昧，顯然聽到了秦勝華剛才和我的對話。這下子誤會大了。

「為憑什麼啊？妳見到什麼？」

「秦勝華，妳對我們竹鈴是不是真心的？」她直接越過我，站到秦勝華面前。

「欸！蘇詩雅妳在幹嘛！」我愈來愈慌。

「當然是真心的！」他竟然舉手對天空大聲叫道；「我帥哥秦對天發誓，對江竹鈴此情不渝！」

周遭不知何時靠近眾多好事者圍觀，聽其此言，竟然興奮叫好：「噢——！」、「當眾告白，好浪漫喲。」

「你、你、你在胡說什麼！你在演哪一齣呀！」我又惱又羞，明明沒有的事，怎麼會這樣胡亂發展。

「我帥哥秦所言若有半句虛假，就天打雷劈，不得好死！」他還在演，偏偏還演得一本正經，完全不負責任的亂演。

周遭一片掌聲響起。

我真想不顧身上的裙子，起身飛踢他那張油滑的嘴，把他的下巴踢到擎天崗上去，讓他不能再瞎扯淡。

不過這時天際突然響起一陣巨響：轟！

「哇！天打雷劈了。」圍觀者有人冒出這句，把他嚇了一大跳，趕忙抱頭逃開，一個不留神，一坨發臭的狗屎被他狠狠踩到，屎汁還飛濺開來，圍觀的好事者因此紛紛驚叫、閃躲、散開。

所以說，做人不能亂發毒誓欺騙上帝，否則天打雷劈，不得好屎！

圍觀的眾人散開後，我才發覺，那不是打雷，是不知哪個系為迎新晚會施放的開幕煙火。

我和曉雨、子謙在餐廳吃晚飯。我邊吃邊數落秦勝華的不是。

直到把心中的不悅全部一吐為快後，才察覺曉雨和子謙始終靜靜地聽著；很奇怪地倆人都沒有什麼接話。

「怎、怎樣，你們怎麼都盯著我看？我很嘮叨雜唸嗎？」

「唔，主竹，妳是真的討厭秦勝華嗎？」曉雨歪頭想了一下，小心翼翼地問。

「我對他的討厭一絲絲都不用懷疑。連妳也不相信我？」

「不是啦，我不懷疑妳討厭他。但也許，是妳自己不相信自己。」

「嗬，這話怎講？」

「也許在妳心底，已經有點喜歡上他了，但是，表面上卻用討厭來掩飾。」

「為什麼我要這樣？」

「因為喜歡他，會和妳的一些原則相違背，妳堅信自己的原則是對的，所以潛意識讓妳產生排斥喜歡他的感覺。」

「我……我真的是這樣嗎……」想不到曉雨竟然會用心理學上的方法來分析，我一下子不知如何反應。

「也許這樣的反應，妳才會有安全感吧。」

「真的嗎……」

「妳的過去帶給妳太多的陰影，連交往的對象妳都會找有安全感的，但是安全感不一定代表幸福，也不一定是妳真心愛的，對不對？」

「呃，好像有點道理……」

「嗯。妳也認同對不對？大多數的女主角都是這樣的。」

「女主角……喂，妳怎麼會這麼認為？」我從迷惘的狀態急速清醒。

「啊人家看言小都是這麼寫的呀。」

「什麼言小？」

「『愛上霸氣富家子』、『風流浪子小佳人』和『真心女子戀小開』這三本攏嘛是這樣寫的。」

「我不是言情小說的女主角！我只是妳的好友、同學！」我抓著她的肩頭猛搖；「醒醒吧曉雨，這裡是現實。」

「哦。」她撇了撇嘴，望了子謙一眼，臉上表情古古怪怪，好像對自己的見解不被認同有些不服氣。

我轉向子謙：「那你又是為什麼盯著我看？」

「我是在想，妳是真的很討厭他嗎？」

「看來你和曉雨真是速配，兩個人心裡想著的事都一樣。」

「是因為妳剛剛講的，任何人聽起來都會這麼想的吧。」

「你也懷疑？」

「不是懷疑，只是想確定。」

「其實大家是同學，只要他不要來招惹我，也不是那麼討厭他啦，說得我好像跟他有什麼深仇大恨似的。」

「但至少不會跟他變成男女朋友吧？」

「那可不一定喲，世事多變的。」我本想說當然不會，曉雨卻插嘴道。

「妳好像始終很看好他們？」子謙瞥她一眼，語氣裡有不以為然。

「因為主竹有一天發現了在他身上，有她欣賞的優點，就有可能由恨轉愛對不對？」

「喂，我沒有那麼恨他啦，只是討厭他自以為是。」

「你看你看，她連恨的程度都不到，欣賞他的可能就會相對提高啦。」

「至少目前他的所作所為，竹鈴都不欣賞嘛。」

「人哪有十全十美的，只要優點多被發現一些，缺點沒有那麼多，相處久了，不就會喜歡上了嗎？」

「妳怎麼知道他沒有很多的缺點？也許他的缺點比優點多，那竹鈴還會愛上他嗎？」

「就算是，只要有一個很大的優點是竹所愛的，再多的缺點都可以因愛而被包容，你不知道嗎？」

「那也得竹鈴願意與他相處、願意包容才行的。」

「你怎麼知道主竹一定會不願意？」

「她已經很勇敢的宣告了不愛帥哥的，這不是從妳們宿舍傳出來的嗎？而且妳不能否認秦勝華很帥的事實吧。」

「你就這麼見不得人家和好嗎？」她放下了筷子。

「妳就這麼希望他們在一起嗎？」他放下了湯匙。

「為什麼你見不得人家和好？」

「為什麼妳希望他們在一起？」

「哼。」曉雨別過頭去，小巧的鼻子突然紅了，鼻翼急速起伏。

子謙的眉頭也蹙了起來。

「喂，等一下、等一下，」原本以為他們一搭一唱的，其實是互相抬槓；原本以為他們是槓著玩的，卻好像各自堅持己見，而且話中好像都有話，甚至演變成鬥氣吵架了。我不明白他們發生了什麼事，滿頭霧水；「你們不必為了我的牢騷傷和氣吧。」

可愛的小萌女嘟著嘴生氣了；Q版的美正太也悶不吭聲。

「呵呵，大家吃飯聊天而已，說說笑笑就好了，不用為爭辯我的事那麼認真嘛。呵呵。」我乾笑著打哈哈，不解這公親變事主是怎麼回事。

兩個人還是不作聲，氣氛僵硬到一個不行。

「子謙，你是男孩子，讓她一下嘛。」我靠近他低聲道。

「讓什麼？」

「你，」我偷瞄曉雨一眼，她眼眶開始紅了：「女友是交來疼愛的，不是互相鬥氣的。」

「女友？誰是我的女友？」

「子謙……」就算我沒日沒夜加班三個月把腦細胞操到全部陣亡，也想不到他會說這句話。

氣氛不僅僵，而且冷；不僅冷，而且凍。這時一定有人會被凍傷。

「我先回去了。」曉雨起身用腿腹頂開椅子，頭也不回就走了。

「曉雨！」我怔住，不知到底發生什麼事。自從曉雨認為她的小天使是子謙後，就每天甜滋滋的，只要我們一提起子謙，她臉上就掛著幸福的嬌笑。好像子謙最近也常約她出去，尤其是期中考前幾天，他們不是朝幸福的方向發展嗎，怎麼為了我的幾句牢騷竟然意見不合成這樣。

「子謙，這樣講太傷人了啦，你不知道曉雨喜歡你嗎？」

「唔。」

「那你不喜歡她嗎？」

「唔，喜歡。但不是那種喜歡。」

「喜歡就是喜歡，還有哪種喜歡？」

「妳還沒有男友，妳不知道啦。」

「不講我當然不知道啊。」

「是妳要我講的喔，有什麼事妳自己負責。」

負責？難道是怕曉雨承受不住，會想不開從大慈館的樓頂往下……

「我喜歡她的天真、可愛，但那只是喜歡，不是有感情的愛。」

我覺得後腦一陣疼痛；「這樣她會很傷心的，她視你為她的天使……你有告訴她嗎？」

「我會告訴她的，像妳一樣，我會誠實面對自己，有勇氣的宣告。」

「天啊，你別學我。還有，別再提那個爛宣告了。」我起身，想趕快回寢室安慰曉雨。

「說到天使，」他回身從掛在椅背上的背袋裡翻出一小紙盒；「好像是妳的小天使有東西要送妳。」

「你害曉雨難過，我不會放過你。」我接過那個紙盒，悻悻然說完，快步走出餐廳。

怎麼會這樣，外型明明就很速配的一對……

曉雨呀，妳要想開一點，感情的事自古以來勉強就沒有幸福的。

我心情沈重，回宿舍的途中一直思忖著該如何安慰她。

回到209室，還沒進門，就聽到裡面傳來幾個女生嘻鬧的笑聲。

「喂！快七點了，妳還不準備一下。」芫媛見我推門進來大叫道。

我望望室內，詩雅正在為曉雨塗口紅；三個女生打扮得可漂亮的咧。

「曉雨，妳還好吧？」

「嗯，我很好。」她對我笑笑，抿抿唇，讓口紅均勻。

從她臉上完全看不到情傷的痕跡。

想不到看似天真單純的她，面對打擊竟能如此堅強。

曉雨啊，這樣硬撐太辛苦了。我有著百般的不捨與心疼。

「曉雨，有什麼事就說出來吧，放在心裡不好。」

她眨眨眼，不語。

「我看妳才有事咧，已經快七點了還在說些有的沒的，想競選明年的班代還是康樂？」詩雅給我一個白眼，她拿起眉筆想為曉雨畫眉頭。

也許曉雨不想讓她們知道剛剛發生了什麼，我想私下再找她談，只好打住不提，趕快把裙子換下，穿上牛仔褲，再把頭髮紮成馬尾。

「就這樣？妳不擦個蜜粉什麼的？妳這樣好像要去打工送早報，不是去跳舞釣帥哥耶。」芫媛見我換裝超快，好奇問。她自己是全身出席日劇首映記者發表會第一女主角般的超華麗裝扮，該畫的、該掛的、該抹的、該噴的，無一缺漏。

「我只是不想大二時被推為幹部，又不是去相親。」

前往興中堂的路上，曉雨和詩雅有說有笑，完全看不出來十分鐘前她在餐廳被左子謙傷害的樣子；我不禁愈加擔心起來。

我想起廖媽媽那個「我們曉雨就拜託妳了」的笑容。

曉雨啊，這樣硬撐很辛苦的吧……

進入興中堂，在門口就聽到裡面砰砰砰的音樂聲響。

門口居然還有簽到簿。張淑卿雙臂抱胸站在門口，兩個眼睛像五千萬畫素監視錄影機的鏡頭來回掃射，嚴密地監控有哪個傢伙敢蹺系上的舞會。

而且，她手上還準備了一台數位相機，所有進場的人都要留下一張照片，說是班刊要用，恐怕實為查緝落跑之徒的證據。

好家在我們都有來。我們四個站在興中堂門口併肩合影。她也算恩威並施了，這麼認真的幹部，好想下學期讓她連任。

班上的、系上的、還有別系的幾個男生賊眉賊眼聚在入口，對每個進場女生的穿著打扮品頭論足。我忽然有一種江大班準備坐檯的感覺。

音樂暫歇。大二的班代學姊上台致詞，大概就是講一些歡迎學弟妹加入社福大家族，希望今後社福家族每位成員都有福同享、同舟共濟之類的漂亮話。

然後是新生介紹。大二的康樂學長接過麥克風開始點名，點到誰誰就要舉手，屋角上掛著的聚光燈就會投照過去。

印象比較深的是點呼到張淑卿時，她高揮著雙臂，引起全場掌聲。看來她的人際關係頗佳，深耕全系上、椿腳遍地插，儼若明年一定凍蒜的架勢。

還有一個印象深的是詩雅。投射燈照在她身上時，除了掌聲還有嘶叫聲，聽得出來都是男生發出的狼嚎。看來異性緣就屬她最好了。

印象最深、最深的是——

「接下來是駱薇薇的直屬學妹，江竹鈴。」

投射燈照在我身上。我用一個最優雅的姿勢欠身，向台上招招手。

這時黑暗中傳來「她就是那個號稱帥哥緣體的學妹呀」、「最近她不是和班上一個帥哥學弟傳出緋聞」、「原來還是難逃帥哥魔咒，她那個宣告就太做作了吧」之類的議論聲。

我強烈懷疑水果日報的烏青雲和木瓜瞎已經潛入我們系上的舞會。

接著是系花與系草先為大家開舞。第一首曲子居然是華爾滋。花花和草草牽著手，一進一退，舞姿煞是好看。

然後就是男生向女生邀舞。

我期待子謙能快點來邀曉雨。

郭倍居然很大膽地走向凌學琪。全班一陣尖叫。

凌學琪一臉意外，不過她很大方，笑了笑，伸出手接受他的邀舞。郭倍的臉上好幸福的樣子。

看到別人幸福的樣子，心中真的就有感染到幸福的感覺。

這時我發現秦勝華向這邊走來。很明顯地，他朝向我。

我趕緊靠向桌邊，拿起一杯雞尾酒和蛋糕，裝作沒看到。

「哈，美女，有榮幸與妳共舞嗎?」他的頭髮梳得油亮，講話語調也油得像他的頭髮。

「哦，」我鼓起腮，用塞滿蛋糕的聲音回答：「等一下吧。還是你先邀請詩雅？」

詩雅站在我身邊，有點驚訝地望著我。難道她一直認為我真的和這個哈伯在一起？他只好改向詩雅伸出手心。詩雅馬上把自己的手交給他，不愧是聯誼女王。

他把詩雅牽走後，我在人群中搜尋子謙的身形。想不到身邊馬上就出現他的聲音：

「我能向妳邀舞嗎？」

我側頭，子謙就站在我身邊。

好耶，他向我身旁的曉雨邀舞！太好了！

曉……曉雨……到哪去了？我回頭找不到她。

曉雨什麼時候站到離我好幾步遠的地方，和她的直屬學長在講話……

我望望子謙，再望望她，再看看子謙伸出的手，不知如何反應。

最糟的是，曉雨望向這邊了！

「子謙，曉雨在那裡。」我趕緊把嘴裡的蛋糕嚥下去，差點連這輩子最後一口氣也一併嚥了下去。

「我是向妳邀的。」他的手心還伸在半空中。

曉雨是賭氣還是怎麼的，竟然把她的手交給身邊的學長。

「喂，別鬥氣了，你應該邀曉雨的，你看她和學長跳了啦。」我趕忙喝一口雞尾酒順順差點哽住的喉嚨，以免橫屍迎新舞會。

這下子換他不知該如何反應了，那隻伸在空中的手有點硬掉的樣子。

曉雨把頭撇向另一邊，明顯是故意裝作沒看到。

我不忍心他被拒絕的難堪，想起學琪的大方，只好把手交給他：「喂，我不會跳呀！」

「我帶妳吧。」他終於露齒一笑。

音樂一下，站在場地中央的人紛紛踩起舞步。還好是慢舞。

但是今生從沒跳過舞的我，在慌亂中還是連續踩了子謙的腳好幾下。

尤其是還要分心偷瞄曉雨，根本不知腳該往哪裡踩，只記得自己被子謙拉來推去的。

如果說初吻是最難忘的，初舞應該也是吧；至少我的初舞就是。

像個布偶傀儡一樣，任由舞伴擺佈，充分體會到什麼叫人在舞池身不由己的困境，難過死了。

好不容易音樂停了，我趕快回到場邊。

「喂，你下一支舞一定要找曉雨，聽到沒有？」

「為什麼……」

「我不管！誰叫你剛才要說傷人的話。」我瞪他；「誰傷害曉雨我就對誰不客氣。」

「奇怪，妳對於自己的事好像態度都沒這麼強硬。」

「囉嗦。快去。」

他看來不太甘願地走向曉雨。

我望著他們，一心祈禱曉雨的氣趕快消、趕快回復她的天真快樂。

子謙不知和曉雨說了什麼，曉雨還是繃著臉。

我趕快靠過去：「你邀曉雨了嗎？」

子謙彆扭不語；反而是曉雨說：「他說是妳叫他來邀我的。」

這個蠢頭，能不能不要這麼單純呀。

「我是叫他快點來，不然就像剛才一樣，一下子就被學長邀走了，他還能跟誰跳？又跟我跳？」我轉向子謙：「啊不然你去邀我們芫媛好了，她比較沒人邀。」

我們三人不約而同望向桌邊的芫媛：她左手滿盤的蛋糕、右手大杯的飲料，嘴邊還掛著奶油，把舞會當成吃到飽的把費。

「不要，我要曉雨，曉雨可愛多了。」他起了個咬冷筍，馬上伸出手心。

曉雨笑了。

女生在愛情中的笑是最香甜的，世上最頂級的巧克力都比不上。

太好了。

我退到場邊，看著他們開始隨著音樂翩然起舞，一股幸福的溫暖湧上。

場中的燈光暗下來，我看到秦勝華的肩上搭著詩雅的臂，他的眼睛卻四處飄移，真怕他是在找我。我趕緊轉身背對場中，靠近芫媛：「媛，沒人邀嗎？」

「唉，身不逢時呀，如果我生在唐朝，行情應該比妳或詩雅好吧。」她狠狠吸了一口，手中滿杯的飲料像被千度高溫突然晒到，瞬間蒸發成空。

好可怕的吸法。

雖然她還是自我解嘲地笑著說，但是聽起來有一點悲涼。

人胖就一定要被人嫌嗎？胖的人就不該有幸福嗎？

「妳的小主人不是高英嗎？如果以小天使的身分主動邀他，妳敢嗎？」

「唔？」她的臉頰竟開始漲紅，搖搖頭：「……不知道耶……」

女生在愛情中的羞是惹人疼的，世上最可愛的洋娃娃都比不上。

不論胖瘦，都一樣。

「等我一下。」我向人群中張望，那個酷酷的高英靠在牆邊。

我快步繞過人群：「高英。」

「幹嘛？」唉，他真的又高又帥，我必須抬頭用仰望的方式，才只能對得到他的目光。

「聽說你這個人很無情、沒愛心，只會耍酷，是真的嗎？」我也雙手插在口袋，壓低了聲音故作冷酷狀。

「關妳什麼事。」

「因為你都不笑，我和廖曉雨打賭，她賭你臭屁臉會臭到死的那一天，我們都還不能看到你的牙齒。而我賭你其實有俠義心腸，是外冷內熱的英雄好漢。」

「妳們打什麼賭關我什麼事。」聽我這麼說，他嘴角微微抽動了一下，繼續裝酷。我給他一個我能扮出最甜美的微笑，他終於摸摸鼻頭：「賭啥？」

「我的筆記最優先借你四年。」他不語，我加碼：「每科必修的都借。」

「無聊。」他瞪我一眼；「怎麼賭？」

「跟她跳一支舞，挽救她受傷的心靈。」我指指芫媛。

他深吸一口氣，死撐住。

「很難啊？那不必勉強啦，我知道英雄不是平凡人能當的。」

「這有什麼難的。煩死。」

「就知道我的眼光不會錯。你不會讓我失望的。」

「煩死。」他居然提起步子走向芫媛了。

像個慷慨赴義的勇士般，相當壯烈的樣子。

人群不知為何自動散開，讓高英能順利走向芫媛，連操縱燈光的同學都發覺了，趕緊將聚光燈往他身上照去。

當他向芫媛伸出手心的那一剎那，連音樂都停了。

不止，全場的人連呼吸都停了、心跳都停了。

芫媛整個人像失神般傻住，慌忙將手中的杯盤放在桌上。她可能在懷疑是不是不小心走進童話裡，現在的自己就像胖姑——噢不是，就像灰姑娘一樣的幸運。

「跳不跳啊？煩死。」

芫媛的手微微顫抖地舉起。全場歡呼聲與鼓掌聲雷動。

燈光暗下，音樂立上，是歡樂的快節奏曲子。

看到別人幸福的樣子，自己一定會感染幸福的感覺。

原來送幸福給別人的小天使是這麼快樂啊。

我讓幸福留在舞會裡，讓快樂放在心窩裡；我哼著輕快的旋律，步出舞會，迴避眾人的目光，獨自離開。

今晚華岡的夜色很美，滿天星光。

我忽然很想知道自己的小天使是誰。

更想知道擦擦到底是誰。

第八話

我想起子謙在餐廳裡給的那個盒子。

我回到大慈館寢室，看到那個紙盒。它因為我趕著和室友們去舞會而被冷落在桌上。

天藍色的包裝紙上，繫著一朵緞帶花摺成的小鈴噹，有別緻而溫馨的感覺。

我很慢、很小心地打開包裝紙，體會著紙上留下的痕跡。那是送禮者關懷的痕跡。

包裝紙打開，就能嗅到對方的氣息。誠心與否的氣息。

一個有古樸香氣的木盒；盒子角角上貼著小卡片。

小卡片是一雙迎向我的手，手心裡捧著一顆紅色音符；像豆芽的音符。

「小主：

悲傷久了會很累，委屈多了會憔悴；

讓我為妳收拾傷悲，將過往的破碎扔向空中，一起輕輕揮。

讓我為妳收集快樂，將現在的完整收進心中，一起用力飛。

琴音就是我的心音，稀釋妳的淚，收藏妳的醉。

小天使」

是誰啊……

溫暖的話語，溫暖的心。我的眼眶有些溼。

打開盒子，好柔悅的鋼琴音輕輕流出。

綠袖子。是一首英國的名曲，但彈奏得很輕快、清明。

原曲略顯悲傷的音符裡，卻有著赤足旋轉、跳躍在大草原上的輕柔感。

一個光著屁股、眼睛笑成小彎橋的小孩童趴在盒子裡，嬰兒膨的兩頰被撐著的雙手捧著，望著我，兩隻小短腿還會隨著旋律上下打拍子……盒蓋上投射下來的小燈照著，身體水晶製成、背上兩隻翅膀的小孩童更顯通透無瑕……超卡哇伊的！

盒內的另一邊有一排顏色不同的小卡片，是讓擁有者寫下十個自己心情故事的名稱。不論是悲傷的心情，還是快樂的經歷，都可以用它來收集與收藏。

好有心呵。

直覺告訴我，小天使知道我的心情故事。

但是，小天使是如何得知的呢。知道我心情的……曉雨是我上大學以來最有話聊的，雖然最近她和子謙交往，我們不若以往那般熱絡，但她的小主人是子謙，不是我，所以這個音樂盒應該不是她送的吧。

詩雅的小主人是郭倍，而且她的個性和我天差地別，也不可能是她。

芫媛就更不用列入考慮了。她是高英的小天使；除了吃和睡，她應該只期待和高英之間有些什麼吧，絕對不會關心我的心情。

這個彷彿經常在我身邊看著我的人，是誰啊……

難道是把音樂盒交給我的子謙……

大家都認為他是曉雨的小天使，但是……

不太可能吧，之前他說知道我的小天使是誰，這次又說是我的小天使要給我的，如果就是他自己的話，幹嘛那樣說啊。

我突發奇想，小天使如果真的是天使，那他或她應該知道我今晚的心情吧。

如何求證呢……我想到了一個地方。

我把盒子放進抽屜，鎖上。

我奔往大典館，跑向系信箱。

我站在一格一格的系信箱前，貼著社福系三個字的那一格在眼前，內心竟沒由來地緊張起來。

我學曉雨，雙手合十，閉上眼睛暗自祈禱：天使知道、天使知道。

然後睜開眼，伸手進信箱裡摸索。

信箱裡有五封信。

不是我的名字的有四封，我逐一放回去。

最後一封……

「江竹鈴小主人　啟」

哇！

我抬起頭向四周張望，還以為真有誰在暗中觀察、傾聽自己心裡的聲音。

因為剛考完期中考，留在山上的人本來就不多，如果沒下山，大概也都參加舞會、社團活動去了，誰會留在這個有著蟋蟀叫聲的昏暗角落。

我緊握著這封信跑到走廊上燈光較明亮處。用微顫的手，撕開封口的貼紙。

「小主人：

很有愛心哦，心地善良的人會有好事降臨。祝福妳。

PS：妳在舞會上的事，我已經聽說了喔。

看到別人幸福，自己一定會感染幸福的感覺。

小天使」

咚的一聲，一隻小鹿在我的心房上撞了一下，害我心跳得厲害。

小天使知道我的事。

最神奇、最不可思議的是，竟然知道能看穿自己的內心。

這個人，是個懂我的人。

我喜歡這種邂逅。

靈犀的交會。

想法的交集。

這個人是誰……我心頓時激動起來。我想知道。

轉念思忖，知道我在舞會上的事，一定是有參加舞會的人。那應該就是班上的同學吧。但是……

我快步跑回寢室。室友們都還沒回來，隔壁２１０室的凌學琪她們也還沒回來。看來舞會還沒結束，也就是說，我的小天使不可能是室友。

難道是跳舞跳到一半，跑回來寫信，放進系信箱裡，又跑回去舞會，或是像我一樣就溜了。這太誇張了吧。

不管是誰，也不論是否還在舞會上，最無法猜透的，是小天使怎麼知道我在舞會上做了什麼、以及當時內心的想法。

我抱著盥洗用具進淋浴間，邊洗頭邊想了一百種可能性，腦汁都快從頭皮滲出來了還想不出結論。

想來想去，只有兩種可能是比較能說服自己。

第一種可能是，這個人有特異功能，會讀心術。

另一種可能是，他或她是真正的天使。

室友們回來時我已躺在床上。她們以為我已入睡，不想吵醒我，所以講話都輕聲細語。但整晚都幸福的她們，忍不住窸窸窣窣地討論舞會上發生的事，以及會後她們和男伴在校園散步、談心或吃宵夜的過程。

我沈浸在想像的幸福裡，猜測著自己的小天使是誰，又勾畫著擦擦可能是誰，也不想起身。

裝睡的結果，居然讓我聽出來，原來詩雅對秦勝華有好感。

而意外的是，曉雨和子謙之間，似乎存在一些未知的問題。

最令我意外、也最欣賞的是：高英真是有風度！舞會後還請芫媛去吃宵夜，並沒有現實地跳完一支舞後就閃人。雖然只是和一票同學一起去，但他肯主動出聲邀請芫媛，就值得我借他四年筆記嘉獎他。

人啊，真是不能從外表來判斷取決的，我更深信自己堅持的這個原則。

第二天清晨，窗櫺上小麻雀的歌聲，就把我喚醒了。

因為起得太早，華岡在晨曦中還罩著薄霧。

往餐廳的途中，迎面從霧裡走出來兩個人。

一個戴著厚眼鏡的學長、和一個頭上戴髮帶的學姊相偕而行；兩人低聲在討論著什麼，沒有注意我。

啊呀！我記起那位戴髮帶的學姊。

她曾在圖書館的樓梯口突然回頭對我說：「他每天都會來喲。」

我匆匆吃完早餐，就往圖書館裡跑。

期中考完的閱覽室，而且是一大清早，除了冷清，還是冷清。

二樓閱覽室窗邊的那個座位上，有厚厚的書本放在那兒了！

整個閱覽室只有他一個人。

我在上次那個角落的座位坐下。

我們一生，從第一次踏出家門遇到的第一個人開始，到底會遇到多少素未謀面的人。少數人和你共事，多數人攸然而逝。有的人你恨不得漠不相視，有的人你恨自己不能熟識。也許這就是所謂茫茫人海。也許這就是所謂相見恨晚。如果這個四號男就是那個擦擦，那我真有相見恨晚的遺憾。

曈晞穿過玻璃照進方室內，照在他的桌邊。有弧度的直髮側掩部分的額頭，在有型的眉梢處相接，眉下的瞳眸清亮有神。時而抬眉觀望，時而低頭凝視，左手的鉛筆不停在桌上的畫紙上來回塗抹。神情是那樣認真、專注。

薄霧游越窗櫺飄浮空氣中，拱托他臉龐的稜線。他的鼻樑勻挺，鼻翼柔和，沒有俗帥的氣息，只有恬靜的堅定。鼻下的嘴唇彎度優雅。當他沈思些什麼，嘴唇時抿時努，嘴角時平時起，真是好看。他不帥。對我而言，這樣的時空、這樣的他，就是好看。

我忍不住拿起背包裡的鉛筆，打開筆記簿。

畫他。

畫他現在的樣子。畫他的專注。

他到底是不是擦擦呢……

整個上午，只有少數的人進出這間閱覽室。但是對我而言，根本沒有他人曾來打擾我和四號男之間的互動。

他素描櫻樹梢上的藍鵲，我素描他素描的樣子。

他低頭看書的內容，我側頭試圖看穿他的內心。

當他以手背撐住下巴時，我想起羅丹的沈思者。

當他因書的內容而微笑時，我就看到暖陽的光絲。

天地之間，只剩他我之間。

近午時分，他起身，闔上書本和筆記簿。

我的腳下彷彿被宇宙的原力所吸引，不自覺地也起身。

山上的風很大，我的馬尾在肩頸背脊間來回擺動；幸好我的頭髮紮起來了，不然一定會被吹成披頭散髮的瘋婆子。但風勢實在太大，迫得我有時不得不停下腳步、側身維持，才不致被風吹倒。

但是他卻能踩著安逸穩定的步子走出校園，好似風臨其身會自動轉向。

我努力把眼前這個人的背影，和擦擦的背影作連結，但始終沒把握；實在是當時眼中含著淚水，印象有限。

我和他就這樣一後一前的走著，時而趨近時而拉遠，最後走進在校牆邊的「大陸麵店」。

店名雖為大陸，其實是面積只有小小幾坪的小店。

老闆跟他好像很熟，爽朗親切地打招呼；但他回應的聲音很小，無法判斷與擦擦的聲音相似度如何。

他點了一碗魯士乾麵，老闆還說要送他一顆滷蛋。他回應了什麼，聲音還是很小。

我在他身後的位置坐下，點了和他一樣的麵。

他坐得好直。從等候麵端上來、到起身結帳間，他都坐得好直。

他是個正直的人嗎……

這家店我來吃過幾次，但是，不知為何，今天才覺得這家店的麵真是美味。

溫暖的店、溫暖的人，溫暖的麵、溫暖的胃。

結帳時他堅持要把滷蛋的錢塞給老闆，還與老闆拉扯了一番。結果老闆的嗓門太大，我還是沒法分辨他的聲音，是否就是擦擦的聲音。

步出麵店，他隨興地走在校外的商店街上。

一路上，先後遇到兩個認識的人和一隻動物與他打招呼。

第一個男生看起來像是他的同學，趨近他時很用力握住他的右手，兩人交談熟絡。我悄悄靠近他的身後，想聽清楚他的聲音。

「那就這樣說定了。」、「好，再見。」

咦，只有這樣？男生和男生都不聊天的嗎？我忽然覺得身為女生真是搞不懂。

哪句是他說的都還沒分清楚，他們就道別了。我趕緊閃到旁邊去，假裝在向路旁的商家張望。

幾秒後，我回頭找尋，卻一下子失去他的蹤影。

不會吧，又跟丟了……

一聲口哨，讓我快速搜索視線有了目標。

他閃進商家的騎樓下，彎下腰摸著什麼。

是流浪狗小黑。牠猛力搖著尾巴，向他示好。他左手裏原來一直握著一個小塑膠袋，裏面是兩片剛剛在乾麵裡的魯士肉，還有半顆滷蛋。

小黑開心地吃著。他摸摸牠的頭，繼續前進。

我望了小黑一眼，覺得對牠有點愧疚。上次在大雅館餐廳，我只想利用牠，都沒想到照顧牠一下。

下次我也請你吃好料的吧。我自言自語。

我繼續跟著他。在一家雜貨店門前看他被第二個人叫住。是個長相平凡的女生，遇到他好像很興奮的樣子，她用略顯高亢的聲音叫住了他，害我沒聽清楚她喚他什麼名字，聽起來好像是蛆蛆還是雞雞的。

啐！哪有人的名字是取蒼蠅的幼蟲或男生生殖器的。我有點氣自己的耳朵。

她靠近他身邊，抓住他左臂的袖子很熱切地說著什麼，他只是微笑點頭。

女生抓著男生的手臂或袖子搖啊搖的，這樣的肢體語言代表什麼意思啊。

我的心臟突然微微揪了一下，不知是不是剛剛吃得太鹹電解質不平衡的關係，應該買個礦泉水喝一下就會好。

那個女生嘰嘰喳喳一陣後，和他道別，我心揪結的感覺就好多了。

他笑著和她揮手。這時我有第一個重大發現。

一顆好可愛的小虎牙在他笑的時候出現在唇角……

我的心臟好像被什麼動物撞了一下，心律有一點不整。

第二個重大發現，是我尾隨他走進雜貨店裡之後。

他在店裡選了些生活用品。牙膏，毛巾，衣夾，馬克杯，洗衣精。

我趁他在門口收銀機結帳時，拿了跟他一樣的東西，連品牌都一樣。

他結完帳先走出去，換我把手中的日用品放在檯子上。

這時我發現被放在檯子上的洗衣精瓶子上，印有「橘子香」三個字。

我一陣暈眩，心律真的不整到一個不行。

如果不是有個人這時出現在面前叫了我一聲，我真的會昏倒在地。

但我不會感激這個人，反而討厭他。

是秦勝華。

「哈，竹鈴，好久不見。」他的臉上有開朗的笑容。

「不是昨天考試時才見到的嗎？」他站在雜貨店門口，我往他身後望去，已不見買橘香洗衣精的人。

「喔，我們三年沒見了。」

「三年？我相信我不會一覺醒來就已經大四了。」

「因為一日不見如隔三秋嘛。」他給了我一個俏皮的表情。

說實在的，如果不是他把未經我同意硬拍的照片上傳部落格，我現在也許會覺得他很CUTE。

我拎著所買的日用品，擠出笑容，閃過他往學校走。

「考完了你還待在山上？今天又沒有課要上。」

「我是特地上山來找妳的。」他跟在我身旁。

「找我？要我幫你約誰嗎？」

「我約妳。」

「又來了。」

「我知道妳對於上傳的照片有點生氣，我會把它拿下來的。」

「約我幹嘛？」

「考試完了嘛，想請妳看電影。」

「學校華風堂每星期都有電影可看，而且我習慣和曉雨一起看。謝謝你了。」

「妳和曉雨很要好啊？」

「嗯啊，曉雨很單純，不像你。」

「那我邀請妳和曉雨一起看電影好嗎？」

「那連詩雅也一起請吧，我記得你說對詩雅的印象很好的。」

「現在我對妳的印象比較好。」

「為什麼？」

「因為妳是班上同學公認最美的女生。」

「你小心又踩到狗屎。」

他嚇了一跳，腿不自覺彈起來慌張尋望地上。那滑稽模樣惹得我發噱。

「妳笑了。」

「我又不是死人。」

「大家的觀察果然沒錯，妳很美，笑的時候更美。」

「大家是哪家？」

「就是全班同學啊。看來妳不知道班刊問卷票選的結果出來了的事。」

「問卷票選？沒聽說啊，班刊也還沒發下來呀。咦，你又怎麼知道的？」

「我和子謙是室友。」

「哦。」班刊是班代、學藝、服務三個幹部負責的，左子謙是服務股長。

「哦？妳知道了自己被選為最美的同學，卻沒什麼反應？」

「我該有什麼反應？」

「應該會感到很開心、露出驕傲的笑容。一般的女孩都會有的反應。」

「這樣嗎？」我擠出咬苦瓜的痛苦微笑。

「妳真是個與眾不同的女孩。」

「拜託，我今生最大的願望就是做一個平凡的女孩，完全不想跟別人有什麼不同。」

「可是妳對相同的事，反應確實與別的女生不同。」

「我知道，你的意思是，像你這麼俊帥的人，在和女孩搭訕甚至主動邀約時，一般的女孩都應該欣喜若狂、興奮異常，就算有所矜持也應該很快欣然接受，這樣才是應有的反應，對吧？」我觀察到他的眼神閃過一絲異樣。

「妳不僅人漂亮，又很聰明，一下子就猜到我被選為班上最帥的人。」

班上最帥的人和最美的人走在一起，這個場景……

我不禁抬頭望向天，覺得好像有一朵會下大雷雨的烏雲雹已經悄悄飄來頭頂上。我慌忙跳開，離他三尺之遠：「你你你，你離我遠一點。」

「幹嘛，我身上有狗屎味嗎？」他嗅了嗅衣袖，「不會吧，我今天還噴了古積最新款的香水的耶。」

我拔腿就往大慈館飛奔，但是……

起跑的那一剎那，眼尾的餘光已經掃到在校園的一角站著一個令我不安的身影。
那身影，正往我們這邊投以犀利的目光。
是蘇詩雅。

第九話

慈幼社為育幼院童辦中秋節的晚會活動。整個下午，我和薇薇學姊都在育幼院為晚會活動布置會場，我們邊聊天邊做著活動所需的紙花、道具。

薇薇學姊的近況除了幸福，還是幸福。

「米學長對妳真好。」

「妳呢？妳的小天使知道是誰了嗎？對妳好不好？」

我抱怨小天使好久都不理我，大概自己是全班最後一個收到天使關心的。也很奇怪這位小天使似乎很了解我。

小草莓不時跑過來，睜著烏黑的大眼珠看我們在做什麼。

「江姊姊，這顆星星可不可以送給我？」她望著我手中的剪刀不斷轉彎，銀色色紙出現一顆星星，馬上深吸一口氣要求道。

「這顆星星是要用來布置舞台的呢，待會兒另外剪一顆草莓給妳好不好？」她竟搖搖頭，伸出小食指指著我手中的星星。

「這麼想要它啊？」

「因為草莓會壞掉，星星不會壞掉。」

「草莓壞了江姊姊就再買給妳吃嘛。」

她還是搖搖頭：「星星永遠不會壞掉，它每天都會來，天黑就會來。」

我不敢再說些什麼，把紙星星給她。

「江姊姊不會每天來，」她把紙星星舉高，彷彿它是真的星星已經掛在夜空上。「我只要抬頭看著它，就知道它也在幫我看著江姊姊。」

我和薇薇學姊互望一眼，根本說不出話來。我的心好像被什麼東西踩著。

「江姊姊想我的什時候也看著它好不好？」

「好。好。」我猛點頭。

院內的老師叫她，她歪著頭給我一個微笑，就跑開了。

「小草莓好可愛，可是又好可憐。」

「妳看，小草莓也不貪心啊，她知道妳不能每天來，但是知道妳會關心她，所以她只求有個星星可以作為想念時的寄託。」

「我以後一定要常常來。」

「妳也可以把妳的小天使當作寄託呀。如果想知道小天使是誰，我可以幫妳打聽一下。」

「不要，我的原則就是遵守原則。老師定下的規則，一定有它的道理與作用，我不想打破它。反正最後一定會揭曉的。」

「竹鈴，我發現很多原則其實是妳自己給自己定的耶，妳是這樣比較有安全感嗎？」

我怔住，許久才回應：「也許吧。」

「這樣會比較辛苦，不是嗎？」

「學姊好像比我還想知道小天使是誰喲？」

「當然囉，大多數的人終其一生是無法找到懂自己的人。妳能遇到一個懂妳的人，多幸福啊。」

懂我的人……小天使真的懂我嗎……

「這樣說好像也有道理，這麼想就不會怪他拖好久才關心小主人了。」

「還有還有，如果小天使是女生，那我恭喜妳遇到知己，可若是男生，那我建議妳一定要倒追他。」

「什麼嘛，為什麼要倒追？為什麼不是他追我？」

「那如果他只是了解妳，一直不追妳咧？」

「那就算了呀。世上又不是男生都死光了。」

「對啊，但是活著追妳的，都是不了解妳的，還有妳不喜歡的，那怎麼辦？」

「沒怎麼辦呀，大不了一輩子不嫁。」學姊這麼一說，我忽然想起一個很討人厭的傢伙。一個曾經踩到狗屎的臭傢伙。

「寧願長伴青燈孤老一生也不願意追求自己的幸福，這也是妳的原則？」

「哎唷，又還沒發生的事，想這麼多幹嘛。」

「在我看來，好像已經開始發生囉。」

幸好慈幼社其他社員過來請我們幫忙在舞台牆面掛上彩帶，這個讓我不知所措的未來話題才止住。

晚會活動很熱絡，社員同學們都盡力逗孩子們開心，唱歌的唱得用力，搞笑的搞得有趣，和孩子們的互動更是讓每位孩子都笑逐顏開。這個中秋節大家應該都會很難忘。

從育幼院出來時間還早，與其他社員道別後，我和薇薇學姊拐到士林夜市逛逛。我要幫曉雨買一個新的手機套送她，我注意到她的手機套已經磨損了。學姊聽了笑笑說：「妳對曉雨真好啊，不知道的人會以為妳們是同性戀的喔。」

學姊說山上過了中秋，天氣就要變涼了，所以要為米學長買一件保暖的外套，我一聽，想起曉雨和我都是南部來的，好像都沒帶什麼冬衣，也想幫她和自己買一件。

「這件不錯看，很適合妳。」學姊在一個攤子上挑起一件格子外套，而且是藍色的。

最近不知怎麼回事，突然很喜歡天空的藍色；我馬上接過決定買下。另外知道曉雨喜歡粉紅色，所以同一款式我又挑了一件粉紅色的。

回到大慈館，已經是九點多了，一進寢室，我桌上的景象嚇了我一大跳。好大好漂亮的一束玫瑰花。

「有男朋友送玫瑰，好幸福喲。」曉雨一見到我就嚷著。

「我哪來的男朋友。」我滿心疑惑，放下揹包，看著那束花。

「不是男友，至少也是仰慕者吧。」

我打開夾在花束上的卡片。

裡面有一句我開心不起來的話，還有一個令人討厭的名字。

曉雨和芫媛見我放下卡片，面無表情，都好奇地湊過來：「誰呀誰呀？」

「不認識。」我把卡片扔進抽屜，把花束放在桌下。拿出在夜市買的手機套：「曉雨，妳的手機套破了，送給妳的。」

「哇！好漂亮。」曉雨接過，笑得很開心。

「喂，到底是哪個系的帥哥送妳的花啦？」芫媛還是一臉不死心地追問。

我又拿出外套送給曉雨：「薇薇學姊和我挑的，過幾天山上會變冷。」

「主竹對我真的好好喔，就甘心欸。」曉雨摟著我的脖子、緊緊地給我一個大擁抱，我也開心地笑著。

「看這個狀況，宣告不愛帥哥，又不屑男生送的花，只對女生有反應，難道傳言屬實？」芫媛打量我和曉雨，自言自語道；「莫非社福之花真如傳說中的，是不愛男生愛女生的蕾絲邊……」

我只記得豬八戒好吃好色，難道西遊記裡還記載著牠好八卦……這個圓又圓的芫媛，怎麼不被自己說人是非的口水噎死。

「竹，妳真的不愛男生嗎？」曉雨竟被她影響，疑惑地問。

「我沒有不愛男生，我也不是愛女生的同性戀。」我沒好氣道。

「那接到男生送的花，怎麼會完全沒有高興的樣子？」芫媛又追問。

「又不認識。」

「連猜也不想猜？完全就是對男生不感興趣才會有的反應嘛。」

芫媛還在窮追猛猜，一股空氣的流動突然竄過我的背後，身後的書桌抽屜被人倏忽拉開。我回頭，發現那張夾在花束上的卡片已經落入詩雅之手！

「喂，幹嘛！」我驚呼，她閃開，芫媛龐大的身軀已擋在我和她之間，我連伸手搶的機會都沒有。

「給最愛的竹鈴，每朵玫瑰都代表我的心。勝華。」詩雅唸完，芫媛發出尖叫，興奮的跟被求婚了似的。

發豬瘟。

不過詩雅接下來的一句話，讓我心頭一涼：「就不用再裝了，再裝心機就太重了。」

裝？心機太重？

「明明就已經和秦勝華在一起了，幹嘛還在我們面前裝不認識，多餘。」

「我哪有？」

「妳敢說妳不覺得他帥？妳就禿頭。」

「他……」長髮是我最寶貝的，我不想禿；「他是很帥啊，可是——」

「妳敢說妳覺得他不夠高大？妳就更年期提早二十年到。」

「他……」我不想提早二十年變老；「他是很高大，但是——」

「妳敢說妳沒和他在一起拍過照片？妳就長黑斑。」

「我是有……」長黑斑會看起來很老，我記得阿嬤的臉頰上都是；「不過我已經解釋過了，那是因為——」

「妳敢說在舞會上沒有想和他共舞？妳就一輩子沒人要。」

「哈，我敢說我沒有，那是他主動來邀我的，而且我拒絕了，還把他讓給妳的。」好險，逮到機會反駁了，我不會一輩子沒人要了。

「妳的開頭語是哈？敢說妳沒有因為和他在一起而被他影響？」

「這……」

「妳是因為不想被人認為已經是死會了、想維持單身的行情，才故作大方把他推給我的吧？」

「我根本沒有跟會呀，哪來的死會？」

「妳敢說妳從來都沒有和他單獨相處過？妳就削髮為尼。」

「沒有！」

「如果沒有，那些在部落格上和他的合照哪來？那杯星巴克咖啡哪來？那天在校園裡他會大聲向妳表白？」

「那都是他一廂情願的。」

「真的嗎？那今天中午在校門口我是看到誰和誰走在一起？」

完了，我就知道被她撞見，頭頂上的雷雨雹不轟下五支雷電，肯定不會輕易飄走。

「喂，在校門口遇到班上的同學了，走在一起聊幾句，不等於就是情侶好不好？」

「就只是同學間的聊天？沒有一點點曖昧的情愫？」

「沒有、沒有、沒有！」

「那妳看到我了，幹嘛像被人抓姦似得跳開？還倉惶逃跑？」

「我……」

我想說我是先跳開才看到妳的……但是，我幹嘛跳開，還倉惶逃跑？因為怕被人誤會？既然只是單純同學間的交談，怕被誤會什麼？沒必要這樣吧……咦，怎麼連我自己都迷糊混亂了！似是而非的八卦連想和邏輯，威力果然不容小覷。

「哇，看來是真的在一起了。」、「原來系上傳說的做作鈴，不是誤傳耶。」門口什麼時候又站著隔壁寢室的陳綺安和凌學琪在旁聽，兩人還肆無忌憚妄下評論。

「唉呀，總之，我沒當他是男友就對了啦，愛怎麼想隨妳。」我忽然想起小天使的一句話：真正的快樂不是獲得的比別人多，而是計較的比別人少。我幹嘛計較她怎麼想呀。

不過忍不住的是……我隨即望向門口的陳綺安和凌學琪，咬牙切齒惡狠狠道：「還有妳們兩個，敢再讓我聽到做作鈴這三個字，我一定撕爛妳們的嘴！」

因為這種稱呼讓我想起高中時最痛恨的假柔！

但突然說出這樣的狠話，連自己都覺得被鬼附身！

梵谷的遺言說得好：悲傷會留存到永遠。

悲傷的傷痕會一直躲在潛意識裡，在不經意被觸動的時候，會以不經意的方式跑出來作怪。

陳綺安和凌學琪見我惱怒了，嚇得掉頭就走，邊走還邊說：「見笑轉生氣了。」寢室內也一片鴉雀無聲。

為什麼老是被認為和秦勝華是一對，問題真的只是出在自以為是的他嗎？在室友的心目中，我到底是怎樣的一個人啊。

芫媛受不了這種僵硬的氣氛，趕緊打圓場：「呃呵呵、呵呵呵，好啦，沒有在一起就沒有嘛，幹嘛生氣咧。」

「詩雅，妳放心，我不會喜歡他的。」我也不想一直僵下去。

「什麼意思？為什麼要詩雅放心？」曉雨似乎聽出我的弦外之音。

「那也不能怪我誤會她呀，我剛剛懷疑的，都有憑有據，妳們說丟呣丟啊？」詩雅趕緊轉移話題。

「丟！」芫媛和曉雨連忙應聲。

「那只要竹鈴真的交一個男友，也就不怕再被人誤會了嘛，大家說稀呣稀呀？」

「稀！」

被人誤會的感覺真的不好。尤其是聽到自己被形容成做作，更是心痛；害我整晚都睡得不好。

第二天一早我是被自己手機的鈴聲喚醒。

我閉著眼睛在枕頭附近搜抓，摸到手機：「喂…？」

「主竹，妳在哪？」竟然是曉雨，她幹嘛從上鋪打到下鋪給我。

「有什麼事妳探頭下來說就可以了，不要浪費電話費……」

「妳以為我還睡在妳上鋪啊？妳最好趕快過來，如果妳真的沒有跟情聖在一起的話。」

什麼？

我從床上跳起來，發現全寢室只剩我一個人，而且，上課的鐘聲這時響起！

「哇，遲到了，妳怎麼沒叫我？」

「我想說妳昨晚沒睡好，讓妳多睡一會兒的。」手機那頭傳來她無辜的聲音。

我一定是翻來覆去，打擾到她了。

梳洗、換衣、上廁所，只用了五分鐘。我抓起書本像個瘋子一樣，衝出寢室。

不是因為怕遲到，是因為那句「如果妳真的沒有跟情聖在一起的話」。

衝到教室，老師應該是剛剛開始上課。我彎腰低頭，從後面的門潛進，躡手躡腳在最後一排的角落位置坐下。

孫老師嘰哩咕嚕在講著如何以科學的方法研究心理現象什麼的。我不是很專心在聽，因為台下也窸窸窣窣不知在討論些什麼。

我向四周窺望，好幾個人的桌上放著兩本書。一本是心理學，另一本不知是啥。我發現不專心聽講的人是在竊竊私語討論些什麼，有人還討論到掩嘴偷笑的程度。

坐在我旁邊的郭倍昨晚不知是不是通宵打魔獸還是縱慾過度，手拄著頭晃來晃去在打盹。

我用筆戳戳他手臂，他睜開惺忪的眼無神地望著我。

我指指他桌上教科書以外的另一本。他點點頭，把它借給我，就繼續去找他姓周的阿公玩了。

是班刊。原來今天上課前班代和學藝已經把班刊發下來了。

我趕緊翻目錄，找到篇名為：「神祕的社福一A群英會」的頁碼。

愈翻手愈抖得厲害。

班上票選的結果，我被冠上兩個頭銜：全班最美的人和最認真的人。

因為自己的問卷都忘了交出去，還被塞在寢室的抽屜裏。所以對於這兩個頭銜我完全沒意見，虛心接受，也沒資格評論票選結果。

但是，為什麼「選票理由摘華」裡，卻有如下不知所云、荒誕不經、光怪陸離、背離事實的理由：

——竹鈴的外表令人驚艷，和勝華真是令人羨慕的一對俠侶。

——理工學院男生網路詢問度最高的社福之花，幸好已經被本班天字第一帥，搶先把下，實為本班之福、社稷之福。

——在情聖的部落格上已經有模擬她和秦帥將來生出來的小孩的電腦合成照，真是台灣之光，超卡哇伊的，比蘆田愛菜還可愛。

——最認真的班花，一下子就把班上的情聖貼走了，令華岡眾女皆心碎。

——天生招妒的宅男女神，令所有女生備感威脅。

——既然已經宣告不愛帥哥，卻和班上最帥的秦哥在一起，美女都要這樣虛假做作嗎……

虛假？做作？

什麼俠侶，那神鵰何在？天字第一帥是誰，想也知道這是誰寫的理由，會不會太狂妄了？合成照在哪裡？我怎麼可能跟這個痞子生小孩？我什麼時候貼他了，我有這麼花痴嗎？把我看成什麼了？妳們要妳們拿去配呀！我又不知道誰喜歡他，誰心碎了？我每天小心翼翼維持和同學朋友間的和善，威脅誰了，又招誰惹誰了？說我虛假做作，把我和假柔相比嗎？為什麼要這樣說我？這樣不對！這樣不對！這樣不對！這樣是不對的！

「這樣是不對的！」我愈想愈生氣，神智陷入昏亂不清的境界，竟不自覺叫出聲。

上帝要毀滅我了，所以祂先讓我瘋狂。

「為什麼不對？」教室前方傳來老師的聲音，帶著不解和微慍。

我回過神，發現所有人的目光全都回頭往我身上射來。

我怔住，不知如何反應。

第十話

完了，糗了，我在幹嘛……

老師持續注視著，要我給個答案：為什麼不認同她的說法，她剛剛哪裡說不對了？

她剛剛在說什麼、說到哪兒了……

幾十雙眼睛盯著，我的頭皮因為緊張開始發麻。

她剛剛說到……說到……說到……我的腦袋以最大馬赫的速度全力扒古，把幾十秒鐘前在課堂上的聲音回轉倒帶、分辨、理解、最後還要立即作反應。

「妳叫江竹鈴是吧？」老師看了一下點名簿；「我剛剛哪裡說不對了？」

「呃，老師說，道德是人類社會活動中，為規範惡劣行為、可能傷害他人的行為，所集體認同的標準……呃，還說需要所有參與社會活動的人理性的遵守，才有其價值，才能成為相約成俗的所謂正確觀念……」

「嗯，我剛才確實是說到這裏。」老師的目光還是盯著我，意思是：然後呢？

「但是，我不認為道德是被社會成員理性的遵守，事實上應該只是被感性的遵守、甚至是選擇性的遵守。」

「哦？」

「而且，道德也未必是相約成俗。」

「為什麼呢？」

「我們經常是憑自己的喜好、情緒，已經先對一件事作出了自認是對錯的判斷後，才會找理性的理由說服自己，接受自己的行為是符合道德標準的。」

「比如說？」

「比如說？呃，嗯，比如說，一位大家公認的名模或是女明星，她的緋聞大家會喜歡討論、批評，認為她應該跟誰在一起、不應該跟誰在一起。即使道聽塗說到毀謗的程度了，但是，大家可以這樣胡亂傳說、評判的道德標準是什麼？民眾有知的權利？公眾人物沒有隱私？這樣算是理性嗎？」

老師的眼神綻出鼓勵的光芒。

「還有，也許我的心底知道對別人的私事說長道短，是不道德的，但是，大家都這麼說，我好像也可以這麼說。而且，大家都說誰是和誰傳出緋聞，原本不相信的我，最後也選擇了相信，沒有開會討論作成決議也會有這樣的行為反應，這怎麼會是相約成俗？」我豁出去了，把自己的情緒融入胡說八道裏。

教室裡的空氣彷彿凝結，所有的人都在看老師的反應。

「很好！說得很好！」老師竟然鼓掌。「各位同學，知道她在說什麼嗎？」

「不會是在說她自己吧？」有人心虛地、小聲地冒出這句。

不過老師沒聽到，還很興奮地接著說：「剛才我提到道德與心理反應間的關係，只說到道德的定義，這位同學已經舉一反三，把道德決策的作成過程、和社會心理學上社會從眾的學說檢視這個定義了。很好，有用功。」

換我心虛地低頭。剛才只是把印象中看過的東西，包括水果日報和數字周刊上的報導，胡亂拼揍，再加上一些抱怨世事不公的心得，根本不知自己在說什麼。

好家在我對心理學的進度已經超前，逃過一劫。

「所謂道德感，到底是先用理性去研判還是先用情緒去選擇，這個課題我們過幾個禮拜會再討論。」孫老師看著我，彷彿我是她得意高徒般的表情；「但是針對妳關於社會從眾的疑惑，我可以先告訴妳一個答案。為什麼個人在團體中會出現積非成是或接受多數人指鹿為馬的錯誤判斷？除了性別、人格特質等個別因素外，比較大的原因是與客觀情境有關。如果客觀情境明確可辨，我們心態上的從眾傾向就小，反之，如果客觀情境曖昧不明，從眾傾向就容易很大。」

「喔，原來是因為曖昧呀……」

「也就是缺少了正式交往的宣告導致的嗎……」身邊傳來胡亂曲解的竊語討論聲。

我當時沒有很認真理解老師這番話的道理，只提醒自己：上課要專心了。

下課鐘聲一響，我馬上一把往旁邊座位上郭倍的衣領抓起，惡狠狠問：「你和那個與秦始皇、秦檜同姓的傢伙打賭賭輸了，還睡得著呀！」

「唉呀、唉呀呀！」他忽然被我從桌子上抓起，像隻脖子被拎起的小雞一樣唉唉叫；「我哪有輸呀，妳又還沒有和他在一起。」

一股暖流瞬間湧進我心，我馬上放開手：這是我最想聽到的一句話！

「你相信我？你相信我真的沒有和他在一起？」

「相信。情聖那個人，見到正妹屌就起來、呃，不是，是人就屌起來了，以為女生都是花痴一定會貼上來。」

「對、對、對，他就是那個德性！」想不到郭倍可能就是我的知已。

「他沒想到不是所有的女生都是那麼隨便的。」

「對、對、對，事實就是這樣。」

「他更沒想到世上也有不愛帥哥的正妹嘛。」

「真的，就是這樣！」我的眼淚差點沒激噴而出。

「因為這世上還有一種他不知道的物種，就是女女戀。」

「就是女……」原先那一股暖流瞬間變成一股電流穿進腦頂，我又一把抓起他的衣領狂搖；「我不是同性戀！我不是同性戀！」

「那我相信妳很快就會和他在一起了，我這個賭輸定了。」

「我聽你放——空氣！你一定贏！」

「怎麼可能！如果不是同性戀，哪個正妹能逃過情聖的魔掌？」

「怎麼不可能！」我把他摔回座位，怒不可遏。

「妳自己去看他的臉書和部落格，就知道我一定輸鐵了。」

我氣得頭昏眼花，覺得自己再氣下去可能會腦溢血。

這時曉雨跑來叫我坐在她身邊，說是有留位子給我。

我起身，留下滿臉不解的郭倍。

「別生氣了，反正秦勝華愛現、愛追、愛臭屁，就讓他去自討沒趣嘛，到時候妳真的交了一個男朋友，流言就不攻自破了。」曉雨安慰我。

「我哪有妳這麼好命，能遇到像子謙這樣疼愛妳的小天使。」

「不要這樣說，世事多變哪。」曉雨的臉色微變，當時的我只顧把自己的頭埋在鳥氣筒裡，疏忽了應該追問她、關心她。

「到底他的部落格裡有什麼呀，為什麼大家都相信我和他在一起？」

「妳先看班刊裏這張照片，就可以猜到他的部落格裡有什麼了。」她把幫我代領的班刊翻到其中一頁，遞給我。

咦，這是我、曉雨、詩雅和芫媛要出席舞會時，站在興中堂門口併肩讓班代所拍的合照。

我們209四朵花都露出最甜美的笑容，都拍得很上相……

可是——

為什麼秦勝華會站在我身後，臉還插在我和曉雨肩膀中間的空隙？

從這個角度看起來，就好像、就好像……

我和他的臉倚偎在一起！

我和他看起來好恩愛、好甜蜜啊！我還笑得很燦爛！

而且他的手還在我的後腦門上比一個「Ya」的兔子耳手勢！

「為什麼班刊要用電腦合成照？為什麼？」我的手已經氣到一直發抖。

「這不是合成照，是我們拍照時沒注意到他什麼時候站在那的。」

「這個厚臉皮的髒東西在哪裏？我一定要罵死他！」我東張西望。曉雨見狀道：「除非妳答應他的約會，否則期中考剛考完，怎麼可能在課堂上見到他。」

「可惡的髒東西！」我咬牙切齒。

「說實在的，妳為什麼這麼討厭他？」

「我討厭虛假，虛假使人誤會、受騙，感覺很差。難道妳喜歡被人騙嗎？」

「他也許一開始是跟妳鬧著玩的，但是，我只是說如果，如果他開始真心喜歡妳、而不是虛情假意了呢？妳還會討厭他嗎？」

「我還是討厭他。因為我一開始就是真心討厭的。」

「這樣對他好像不太公平……」

「雨，感情的世界裏只有感覺對不對，沒有公不公平。」

「那被拒絕的那一方，豈不是很可憐……」

「感情的互動要彼此都願意，才能留下美好的回憶。感情要催化，可以加入浪漫、可以加入心思，就是不能加入勉強。搞到自己覺得很可憐，那就是有一方加進了名為勉強的塑化劑。」

「這樣啊……」

「勉強的那一方要自我檢討，而不是怪罪拒絕的那一方。」

「……」她不接話了，不知在想些什麼。

我突然覺得曉雨今天變得很感性：「怎麼，妳好像很希望我和秦怪在一起？」

「沒有啦。」她擠出笑容；「我只是不希望主竹不開心呀。」

她的笑，有點怪怪的。

下了課，我回到寢室，馬上打開電腦，上網進入秦勝華的臉書。

首頁就是那張在山仔后影印店門前他用手機偷拍的照片。我的手上還拎著一杯他送的咖啡。

接下來一篇篇令人噁心的肉麻告白，在他的每日心情記事裡。

告白的對象居然就是我……

每則記事下面還掛著一大串好友、同學的留言。起鬨的、加油的、支持的、讚美的一堆，圍事的、唱衰的、吐槽的、嘲諷的也有，熱鬧滾滾，不輸跨年。

每則記事下面，按讚的人居然少則數十、多則上百！

我告訴自己：冷靜，冷靜，要冷靜。

然後進入他的部落格。首頁是那張我要搶他手機、被他從頭頂上往下偷襲的照片。看起來我和他的臉真的貼得好近。

下面又是一些所謂真情告白記事。好友留言欄掛著一長串，幾乎都是班上同學的亂起鬨、瞎祝福，劈哩啪拉，吆喝鼓譟，像在婚禮上拉紙炮一般興奮。

我告訴自己，堅強，堅強，要堅強。

「版主還回應說：我和小鈴謝謝大家的祝福。什麼跟什麼嘛！誰准他叫我小鈴的！有跟我這麼熟嗎？」我還是氣得拍桌。

「要說他都沒真心，但對妳哪天穿了什麼衣服、梳了什麼髮型，卻又都記得很詳細，好像也不是。」曉雨在旁邊用筆指著其中幾篇記事道。

秦勝華是蹺課大王，怎麼會知道我的穿著，這點我也感到好奇。

「也許是別人告訴他的。」

「那個別人是誰呀？如果不是很在意妳，怎麼會那麼注意妳……」

「難道是郭倍？他好像和秦怪很麻吉。不對不對，郭倍喜歡的人是他的小主人學琪。」

「真的嗎？那學琪知道嗎？」

「我是沒告訴她啦，至於她知不知道，我就不清楚了。」

「所以有的人是喜歡自己的小主人，有的人是喜歡別人的小主人。」

「喜歡別人的小主人的，是誰？」

「有這種可能吧。」她又閃避我的問題。

我和曉雨是無所不談的好姊妹，但最近她常常出去約會，我們談心的時間變少了；會不會因為這樣她和我之間有了疏離感……

「曉雨，妳，」我努力把對秦怪的情緒先拋一邊；「是不是有什麼話要跟我說？」

「嗯啊。」

「妳說，我願意聽。」

她歪著頭想了一下：「我希望主竹能快樂，不要老是被一些流言蜚語所困擾。」

「嗯。」

「因為我知道主竹的過去，所以有時候我想，如果我是主竹，面對這些有的沒的，也會很煩。」

「妳是我最知心的朋友，我知道妳關心我。」

「想來想去，我覺得妳應該交一個男友，也許會比較快樂。」

「真的嗎？這樣真的會比較好嗎？」

聽她這麼一說，不知為什麼，心中突然浮現一個人、一個聲音。

那個人和我併肩坐在櫻樹下。

他抬頭望著樹梢上的藍鵲；我凝望著他。

他轉頭望著我。深遂的瞳眸，像最靜謐清新的伏流。

最深情的聲音對我說：要勇敢哦……

然後，我點點頭，輕輕閉上雙眼，抬起臉，期待那道有著漂亮彎度的唇……

「竹！妳還好吧？怎麼忽然迷矇迷矇的？」曉雨提高了音調叫我，手掌在眼前揮，我才回過神來；頓時覺得自己臉頰發熱。江竹鈴妳搞什麼，人家曉雨那麼關心妳，擔心妳會不快樂，妳竟然當著好友的面沒由來地做花痴夢？太可恥了。太丟臉了。

去去去，我連忙在心中趕走小惡魔。

「呃哼，」我用乾咳掩飾自己的尷尬，「哦，對於交男友這件事，還是隨緣好了，妳知道，要找到像妳和子謙那麼登對的伴侶，可不是——」

手機這時響起。

她接起來，回應了幾句。「學長在樓下等我了，回來再說。」

「又約妳去逛東區唷？怎麼不是子謙？」

她起身往書架上的鏡子照了照，把頭髮快速梳了一下：「要不要我幫妳買什麼回來？」

「啊？哦，不用了。」我望著她消失在門口的背影，有種奇怪感覺。

這個曉雨好像不是我原先認識的曉雨……

我一定是被秦勝華氣到失心瘋了，今天怎麼老是產生幻覺。

可惡的秦勝華，為自己的清白申辯，哪怕只是渺小微弱到沒人理會，我也要反駁。所以我在他的臉書上留言：

「照片上的女主角在此鄭重澄清，從未與版主交往過；以上版主之心情記錄，純屬其個人自作多情。樓上諸位大大若有留言祝福者，亦係出於誤導、誤信、誤會與誤解，今後請各位將注意力轉移到國家大事、社會弱勢或言情小說，勿再在此虛度人生。」

我把相同的澄清內容複製，再轉貼到他的部落格上留言欄內，按下Enter鍵。

呵呵呵，這樣應該就有人會警覺這裡的真情告白，可能只是鬧劇了吧。

就在退出部落格之際，原先停留在臉書的頁面，出現了引我注意的東西。因為有新的留言加入，我原先的留言已被推到畫面之外了。

我把畫面拉下來，仔細看新留言：

——看來情侶吵架囉。希望床頭吵、床尾合。一定要幸福喲。

——從未交往過怎麼會有這麼多親密交往照片。是另結新歡了吧？

——好可憐，痴情男被甩了。小華，別傷心，天涯何處無芳草。

——自以為長得漂亮就可以玩弄別人的感情？早就覺得眼睛那麼大，一定有開過眼頭。

——世上既帥又專情的男子已經不好找了，賭氣會賭掉自己的幸福啊。

——是假冒女主角的吧，可能是想搶男主角的小三留言的，大家不要中計了。

……。

複製、進入部落格、貼上、按下Enter鍵，再回來，不到一分鐘吧，居然馬上群聚這麼多粉絲的回應？大家都不用吃喝睡覺、拉屎放尿、上課伸懶腰？是二十四小時不眨眼緊盯劇情變化嗎？還有，是誰跟誰在床尾合呀？誰另結新歡呀？秦怪若是痴情男的話世上還有花心男嗎？最重要的是，我的眼睛是天然的，不是割過的！混蛋！

最可怕的是，還有一個掛名「非常女」的網友，竟然留言罵我：

——妳這個臭三八，假掰女，我知道妳唸哪裏，我會去找妳。

唉……

這是個什麼時代？這是個什麼社會？為什麼給了我們藍，還要給我們黑？誰能認清楚藍的珍貴？誰不被黑暗迷醉？流言傳來傳去，說不停，不知道何時能平息。我無奈地關上筆電。

肚子咕嚕嚕叫起來，我才想起早上睡遲了，至今已中午時分都還沒吃東西，才會頭昏產生幻覺的吧。

這樣冷靜下來，好像自己什麼委屈都怪到秦勝華頭上，也未免有點牽拖。

曉雨約會去了。詩雅去南部聯誼，要三天後才回來。芫媛則去參加美食社的社團活動，也不在。整個寢室空盪盪的，只有冷風灌進來的聲音，好淒清。

嘆了口氣，想到自己連個吃飯時能聊天的飯友都沒有，不禁一陣悲涼。

我信步走向校外，想到大陸麵店吃午餐。但經過圖書館時，心中存著一些期待。我彎進二樓閱覽室，在門口望了窗邊那個座位一眼。那個人不在。

傻瓜，這時候當然是在吃飯囉，怎麼會在。

我快步走出圖書館，往麵店方向前進。

在華岡唸過書的人都知道，一到十一月，山上的風就經常肆無忌憚狂吹。有時為了閃風切，我得停下腳步側身，以免被風吹得失去重心。

在一次側身躲風切的過程中，發現身後有一個女生跟著。

起先不以為意。但，發覺我停下腳步時，她也會同時止步。

也許人家也是在防風吹襲吧。我怪自己想那麼多幹嘛。

進入麵店，老闆招呼我坐。那個人沒來。

我點了魯士乾麵，還加一顆滷蛋。和那個人上次點的一樣。

我啜著麵，想著前次在這裡的情景。

不知為什麼，碗裏的麵有點甜甜的；吃起來口甜，心也甜。

口袋中的手機傳來簡訊的鈴聲。

自從上了大學，和高中兩個好友天南地北分隔兩地後，會傳簡訊給我的只有曉雨。雖然每天見面，但我還是經常傳給她，提醒她課業上、生活起居上應注意的事，以免她談戀愛談傻了。她也會簡訊回我，撒撒嬌，感謝我。

口語上的問候關懷是一種感覺，文字上的互動又是另一種感覺。

然後就是那個姓秦的，經常傳一些好想妳呀、妳在幹嘛呀的噁心簡訊，我一通也不回，就直接刪掉。

結果，並不是曉雨或秦勝華傳來的。

「小主：

那麼多人誤會自己，心情不好過吧。記得今晚八點，到宿舍的天台一聚，一定會讓妳忘掉煩惱的。

小天使」

在宿舍頂樓天台一聚？我的小天使原來是女生。

她竟然用簡訊與我聯絡，已經違反孫老師的規定，還約我見面，是打算心理學的期末報告被當掉嗎。

不過，她怎麼知道我被很多人誤會？是指剛才在臉書上的那些粉絲的留言嗎？那她剛才也看到我的留言了嗎？

無論如何，心是暖的。一定要當面謝謝她送的音樂盒，而且，也要把今天的心情寫進盒裡的小卡片上。

第十一話

步出麵店，一個熟悉的黑影在校園牆角出現。是小黑。

我從口袋取出面紙裹著的一塊魯肉，輕聲喚牠。牠跑過來，好高興。

牠低頭吃著；那個人仁慈的心情我體會著。

我返回校園，打算到慈幼社去晃晃，看看社裏何時還有育幼院的參訪活動。

在社辦門口，身後一個聲音叫住我：「妳是社福一的江竹鈴嗎？」

我回頭，不認識的一個女生。手上沒有硫酸瓶、也沒有美工刀。

她應該不是非常女。我放心回應：「我是。」

她報上自己的名字，說有事要找我談一下；看起來眉頭角角，心事重重，很需要幫忙似的。

為了保護感情受挫婦女的隱私權，我姑隱其名，稱其為A女。

基於禮貌，也基於小社工的專業敏感，我請她到大雅館的餐廳喝飲料。呃，當然，部分原因也怕她是非常女派來的殺手，在大庭廣眾的餐廳裡，要對我下手應該也會投鼠忌器吧⋯⋯

我這麼懷疑不是神經質所致，因為她就是我在躲風切時發現跟在身後的人。

一落座，她就欲言又止。我把桌上的熱奶茶推給她。

她喝了一口，情緒似乎得到紓解，開始說她的故事。

她說她在台北的另一所大學唸中文系，認識了系上的一個男生。這個男生高大帥氣，溫柔多金，是系上的學長。他對她一見鍾情，瘋狂地追求她；她也覺得天上掉下來幸福是上帝的眷顧，於是兩人展開一場轟轟烈烈的熱戀。

他和她是系上人人稱羡的系對，她一度以為這段感情可以長長久久。

但是，交往了幾個月，她就發現他的手機裡，有別的女生的來電。

然後，他的行蹤開始詭異，電郵出現曖昧。

經由好友告知，確認有小三介入。

她開始大吵，要他說清楚，講明白。

今生就只愛她一個，他說得很清楚。

小三都是自己倒貼，他也講得明白。

誓言雖然堅決，卻是空谷迴音；承諾縱然好聽，卻是永難兌現。

她再三大吵，要他做個決定，否則分手。

他做了決定，不要分手；但一再被撞見勾在手臂裡的花花、被目睹摟在懷裏的燕燕，卻使她傷心欲絕。

「這種爛人，妳還不跟他分？」我拍桌，奶茶杯跳到空中扭腰擺臀後摔回原位。有人性的人聽了都會氣憤，更何況像我這樣有血性的俠女。

豆大的淚珠滑落，她說自己是死心眼的女孩，怎麼也割捨不下這段情，只能一再以自殺來挽回。

她頓時哭得稀瀝嘩啦，我連忙抽面紙安慰她。傻成這樣，老天也難救，我一個小小準社工能怎麼辦？轉介諮商機構或是婦女團體？

「我是很同情妳啦，也勸妳最好理智一點，另找春天算了。不過，請問，妳跟我講這個故事，是希望我怎麼幫妳？」

「跟他分手，就可以了。」她止住了哭，擤著鼻涕。

「我也是這麼認為。」

「我就知道找妳就對了，妳看起來就是很有智慧。」

「呵呵，真的嗎？」原來我已經有社工師的架式、諮商師的專業啦。

「當然啊，我很認同妳的說法。」素昧平生，她竟對我這麼信任。

「我們身為現代女性，就應該有自己的主見，要學會做自己，不要做男人的附庸，要維持女生的尊嚴，萬一遇到爛男人就要勇敢甩掉，該分就分。」

「妳是我遇過最有個性的女生，早點認識妳就好了。」

「呵呵，是啊是啊。」我喜歡這種熱血的感覺。「那，什麼時候？」

「什麼時候？」

「明天就跟他說清楚吧？」

「不如現在吧。」

「好好好，果決是智慧的開始。」

「謝謝妳。」她握住我的手，滿是感激的表情。

「不客氣。」

然後，她的笑容逐漸平復，我的笑容也逐漸收回。她看著我，我也看著她，耳邊只剩周遭的談笑聲。

我終於忍不住：「不是說要打電話給他？」

「對呀。」

「那，我們在等什麼嗎？」

「我在等妳把手機拿出來。」

「妳要向我借手機？」我趕緊伸進口袋裡掏手機。

「我幹嘛向妳借手機？」

「妳不是說現在就要跟他講分手的事？」

「是啊，妳不是也認為這樣才能維持女生的尊嚴？」

「那，意思是……我要幫妳跟他講？」

「妳自己跟他講就好了啊。」

「我？是妳要跟男友分手耶！」

「是妳要跟我的男友分手耶！」

「我跟妳男友分手？等、等、等一下，妳男友哪位呀？」

「華哥啊。妳不要告訴我妳不認識唷。」

「華歌爾？我真的沒有交過賣內衣的小開啊！」我像被人從後腦偷打了一棒，暈得很。

「欸！不對，妳說的是秦勝華？」

「不然妳還有哪個叫華哥的男友？再假就沒誠意囉。」

啊、啊、啊！窗外傳來烏鴉飛過、充滿嘲笑味的叫聲。

啊現在這是什麼情形？我猛抓後腦：「妳說的那個高大帥氣，溫柔多金的學長就是秦勝華？」

她的鼻子一吸一抽的，又要哭了：「妳想反悔……」

「不是，我根本沒有和他在一起過，幹嘛分手呀！」

「哇——！」她竟嚎啕大哭起來，惹得周遭的人全部投來好奇的目光。

「等、等一下，為什麼妳會認為我和他在一起？」

「那他的手機裏有妳的號碼呀，而且妳不要告訴我他的部落格妳沒去看過。」她的眼淚好像馬路上的自來水管破裂，湧個不停。

「那是他鬧我的啦。」

「怎麼可能，華哥不是妳認為的那種幼稚的男人。」

對，他不幼稚，是我弱智。坐我對面的是種什麼樣的女生啊。

「就算他不是鬧著玩，也是他一廂情願的，我從來沒喜歡過他。」

「怎麼可能，那些相片妳怎解釋？」

「妳叫他解釋呀，他跟妳交往，卻和別的女生合照，讓妳誤會有別的人介入，不是應該由他向妳解釋嗎？」

「他解釋了，他說只是好玩而已。」

「那不就得了，他也說是鬧著玩的嘛。」

「可是妳是小三，妳想搶走他，是妳教他說的吧。」

「為什麼還認為我是小三？」我平時馬尾、T恤、牛仔褲，不施一粒蜜粉，不塗一抹口紅，不噴一滴香水，已經夠保守了吧。

「因為妳長得太有威脅性了。」

「妳是不相信他嗎？」

「我是不相信妳。」明明是看到他部落格裡一堆胡亂告白，信心動搖了，還賴給我。

「那我發誓，如果我有跟妳的內衣、呃，不是，我跟妳的華哥在一起的話，我就奶塌、掉髮、腰圍大，屁股像青蛙，一生孤寡，沒人可嫁，行了吧？」

她愣愣地看著我，不知如何反應，哪有女孩子這樣賭咒自己的。其實此話一出，連我自己都嚇了一跳。我擔心此毒誓一傳開，以後在校園裡那些小胸、少髮、扁平臀、水桶腰的女生不知會被想成什麼了。

鄰桌一位女生不知旁聽了多久，忍不住轉頭插嘴說：「相信她吧，若違此誓，她還能見人嗎？夠慘的了。」

「那好吧，記住妳發的誓唷。」自來水管自動修復，她拿我的面紙用力把鼻涕擤出，撇了個餛飩在桌上，起身走人。

鄰桌的女生望著她的背影對我說：「妳也太不小心了，居然被正宮捉到，唉，身為小三真是辛苦鯽。」

唉。我忽然想到高英的那句口頭禪：煩死！

整個下午都在慈幼社，討論年底要為院童辦的活動。

直到黃昏時分，討論結束，社員各自散去；我又不知不覺往圖書館裡走。

二樓閱覽室裏，仍然坐在那個位置的，是擦擦。

夕陽的餘暉灑在他的側身，讓我不由自主地坐在角落的位置。

桌上書頁裡的字，像飄浮在空中，四處飛散，我的視線完全無法抓住它們。

唯一能抓住視線的，是他緊抿的唇，和專注的瞳眸。

他真的不帥，不知為何就是能吸引我。

我的手藏在口袋裡，緊握著那兩條手帕。

藍白相間的手帕，一條是我在安慰曉雨時，一條是我在樓梯間時出現的。

為什麼把手帕給了我就轉身跑走呢……

應該把手帕還給人家吧，也可以趁此說聲謝謝。

說謝謝時，他就會露出笑容，用很溫柔的聲音回應：不客氣。

當然也會露出那顆小虎牙。可愛的小虎牙，呵呵。

我忍不住低下頭笑了，不知自己在笑什麼，就是想幸福的笑著。

然後呢，我該說些什麼……

為什麼把手帕給了就走呀，不是應該說些什麼的嗎……

說什麼啊，嗯，比如說……

別難過了，是遇到什麼傷心的事嗎，還是有什麼煩惱呢，之類的。

廢話，當然是傷心的事才會哭的嘛，這樣講好奇怪喲。嗯，那……

過了就會好……

要勇敢喲……

沒錯，還是應該這樣說最好。

那人家之前拿手帕給妳已經這樣說了呀，妳自己還在心裡囉嗦個什麼呢。

不知道耶，就是想多聽聽他的聲音嘛。

為什麼呢……因為會讓自己的煩心事一下子都忘掉。

就像華岡的風，輕輕一吹，紅塵俗事的感傷煩憂，都會飄到湛藍的天空。

啊，如果，只是如果……如果這樣的聲音能每天都聽到的話，那該有多好。

呵呵呵。我又忍不住低下頭笑了，到底有什麼好笑的自己也不知道。

那到底，該如何才能聽到他的聲音，該和他聊些什麼……

嗨，你好，手帕還你，謝謝你。不客氣。我叫江竹鈴，社福系的，來自南部，你呢？

妳好，我叫……不要啦，這樣好像在參加電視相親哦，超尷尬。

你是唸什麼系的，為什麼又看法律的書、又看心理學？你好像很喜歡畫窗外的樹和鳥厚？能借我看你的作品嗎？你知道嗎，我也有偷畫你唷，而且我也有注意到你和小黑的交情不錯唷……

咦，這樣算是想要倒追人家嗎，自己會不會被認為是個隨便的女生，這樣太不矜持了吧……想著，頸子不知為何一陣熱就衝上臉頰。我不禁低下頭，不敢再偷看他了。

這時，一個身影在眼角的餘光出現。

是那個在雜貨店門前拉著他袖子搖啊搖的女生。她走向他，拍拍他的肩。

他抬起頭；兩個人低語講了兩句，他就起身和她步出閱覽室。

我透過落地窗望著他們。

她說著。他笑著聽她說；小虎牙在嘴角，好可愛。

然後，他步入閱覽室，收拾桌上的東西，跟她走了……

望著他們的背影，再望望他的位置已經空虛，我的心中也只剩空虛。

唉。為什麼快樂的時光總是過得特別快。

擦擦這麼優，有女友了，也是理所當然的，不是嗎。

我起身抱起書，拖著悵然若失的步子到自助餐買便當，再踱回寢室。

幻想過後回歸現實，人總是會特別感傷。

我吃著索然無味的便當，兩眼瞪著電腦發呆。

原本預計要三天後才回來的詩雅，說因為這次的聯誼都沒有帥哥，就提早打包閃回山上。

她擦著卸妝油邊看著我說：「怎麼啦，吃冷飯配發呆？」

「哪有。」

「怎沒有，網頁停留在這裡已五分鐘了，這廣告有這麼好看嗎？」

蛤？在看廣告嗎？我趕緊拉滑鼠，點入我常看的網路小說部落格。

「而且，妳便當裡的炸豬排剛才被芫媛偷夾走了，妳也完全沒反應。」

蛤？我望望芫媛，她的嘴角果然有嘴邊肉。

「看妳這症狀，很像失戀，但是，沒看妳談戀愛，哪來的失戀。」

「所以妳不要亂猜啦。」我講話有氣無力。

「怪，難道是被秦勝華甩了，心情不好？」

「喂，我在吃飯，不要提髒東西。」

「說實在的，妳真的一點都不曾想過，試著和他交往看看？」

「我一點都不曾想試著和髒東西交往看看。」

「是，他雖然是很花心，但是人很風趣，也很會玩，和他在一起會很愉快的。」

「因為他有花心的本錢，就是人帥、卡多，對不？」芫媛嘴裡塞滿菜，嘟嘟嗚嗚地插嘴道。

「人帥不會給妳安全感，卡多不會買到幸福感。唯一有的，只有虛榮感。」

「妳連虛榮都沒有，還嘴硬什麼。」詩雅有點喜歡秦勝華，我不點破她。

如果連不想要的虛榮都沒有，自己還擁有什麼？這麼想著，心中果然有點小酸楚。我關上電腦，垂頭喪氣地拿出換洗衣物準備淋浴。

「竹鈴，妳還有魚肉沒吃。」芫媛望著我的便當。

「我連虛榮都不要了，還要魚肉嗎。給妳吃吧。」

洗完頭，腦袋通常會變得比較清醒一些。

那個搖他袖子的女生，也許只是他的同學而已，相約參加系上或班上的活動，也是同學間很正常的事，幹嘛一下子就認定是他女友。

我這樣想，就像被華岡的風輕輕吹過一般，鬱悶一下子就被吹進無盡的夜空。

我穿上外套，跑上大慈館的天台。

我沒忘記和小天使有約。沒有虛榮，至少還有小天使的關心。滿天的星空和全台北市的燈海，全在眼前，壯麗又璀燦。我深吸一口氣，心情馬上就好了起來。

腕上的錶指向八點，我東張西望，天台除了我一人，沒見到誰上來。孫老師的規定我視為必守的原則，但是，小天使既然自己要現身，就不能算是我破壞原則的。不過，雖然我嚴守老師的規定，但內心其實還蠻想知道自己的小天使是誰。

八點五分了，還是沒人上來。她該不會忘了這個約吧……

口袋裡傳來振動，我拿出手機。有人傳簡訊。

——很美麗吧？這樣心情有沒有好一點？

我檢視來電號碼，是沒看過的。

我快速鍵入：是小天使嗎？妳怎麼沒來？

幾秒後，對方傳來：老師不是有規定，在學期末之前，小天使的身分不可以讓小主人知道？

——原來妳還記得呀。

——當然，因為聽說小主人是個很重視原則的人。

——可是妳用手機，好像也違規呢。

——沒關係啦，偶爾有例外，人生才有驚喜。

——妳送的音樂盒我很喜歡，謝謝。

——有把心情放進去嗎？

——今天的心情也會放進去。為什麼妳的關懷這麼晚才出現？

——我一開始並不認識妳。

——有點混喔，別人都已經通Email了，聽說還有人已經約出去吃飯、一起讀書、看電影了。

——那是另一種形式的關懷吧。我很晚才知道妳。

——我不生氣了。只是有件事，一直不懂。

——讓妳問。

——妳好像很懂我，懂我的心情，為什麼？

——因為我是小天使。

——不說就算了。有件事能不能問妳？

——當然可以。

——我常常找不到人說話，可以找妳嗎？

——小主人有什麼心事，想說的都可以說。不過，請先抬頭往東邊看，有流星雨出現了。

我抬起頭，天邊果然出現了像瀑布般的流星群。

我趕緊閉上眼，許願。

——許願了嗎？

——許了。希望很快看到我的小天使。

——妳壞，想害我心理學零分嗎？

——只是希望嘛。

——妳希望自己的小天使長得？

——當然是個漂亮的小萌女囉。

——如果，只是如果，小天使是個大帥哥呢？

——這個問題我沒想過耶。

——聽說妳對帥哥過敏？

——我討厭以貌取人。

——看到帥哥就認為他一定不是好東西，是不是以貌取人呢？

我怔住，停下了按著手機鍵的手指。

嗯，我是對帥的男生有成見，自己不喜歡以貌取人，卻也犯了以貌取人的錯，真該重新檢視自己。

這個小天使真的很有智慧，我愈來愈喜歡了。

——好，我會努力改進的。

——小主人很棒唷。

我笑了笑，忽然想到對方一定也在某個地方看星星吧，於是我又快速傳寄：

——妳到底在哪裏？

——在一個也看得到流星的地方。一個希望能常在的地方。

——那是哪裏？

——希望就在妳心裏。

看到這幾個字，我忽然激動起來。心在跳，淚也在眼中跳。

從小，就沒有人駐在自己心裏。親人不把我放在心裏，朋友也都有自己的世界，沒有人能常駐我心。因為懂自己的人，十年來我都還在尋覓。

而且尋覓得很辛苦。

現在有個人願進到我心中，這種感動，是今生第一次。

——小主人有什麼心事要跟我說的嗎？

過了好分鐘，我才拭去淚水，平復心情。我決定了，這個知己我要定了。所以我又繼續輸入：

——有好多好多心情故事想跟小天使說，但是手指痠了啦。

等了三分鐘，對方也下定決心了似的，傳來：我會把我的帳號告訴妳。

第十二話

天快亮，我才溜回寢室。因為捨不得放開兩個宇宙。

一個宇宙在眼前，捨不得滿城燈海的搖曳生姿，與浩瀚星空的深邃美麗。

一個宇宙在手中，捨不得手機螢幕的溫暖話語，與內心深處的盈盈感動。

躺在床上，我的眼睛根本無法閉上，雖然指尖微痛，心房卻是溫熱的。

有人可以說心事的感覺，真好。

但是，和知己好友聊天就會有這種感覺嗎？為何之前與高中好友、與曉雨聊天時，最多只會感到開心而已，不會有這種感覺……真是好奇怪的感覺。

這種感覺，就是傳說中的幸福嗎……

睡我上鋪的曉雨，不知為何翻來覆去，還傳來吸鼻水的聲音。是沒蓋被子冷到？還是生病了？我起身，在黑暗中望著她。

窗外的月光透進來，照在她臉上，反射著微光。

那是淚光。

「曉雨，怎麼了？」我壓低了聲音問，怕吵醒詩雅和芫媛。

曉雨連忙轉身，假裝睡著。

我爬上她的床，在她耳邊低語：「生病了嗎？哪裡不舒服？」

她睜開眼，搖搖頭。

「那……妳為什麼在哭？」

想不到她竟抽泣起來。我趕緊抱住她，拍拍她：「別哭，發生了什麼事？還是誰欺負妳了？」

曉雨摀住嘴，哭到說不出話來。

啪！室內的電燈這時大亮。芫媛站在牆邊開關處。

「還會有誰？當然是妳啦！」詩雅手插著腰，站在床前，臭著一張臉瞪著我。

我望望她，再望望還在抽泣的曉雨，完全莫名其妙。

我們先安慰曉雨，讓她止住哭泣。

我端了杯熱水給她喝；待她平復心情，露出苦苦的微笑：「對不起，妨礙妳們睡覺」時，大家才鬆了口氣。

「好了，有誰告訴我，到底發生什麼事了？」不祥的預感告訴我，這事與我有關。

詩雅和芫媛妳一言、我一語，嘰哩呱啦講了一堆，其間還夾帶對我的指責與不滿，我花了好幾分鐘才聽懂她們所描述的經過。

原來昨晚八點，當我獨自跑上天台時，樓下宿舍門口出現一陣騷動。詩雅、芫媛和曉雨聞聲跑下去看，竟發現有人找來一票他的員工，組成求愛應援團，拉紅布條，拉小提琴，又唱又跳地向女主角告白，希望能給男主角一個機會，和他一起吃一頓燭光晚餐、看一場電影。

這場秀引來女生宿舍一片驚呼與奔相走告，現場一片「好浪漫唷」、「好好哦」的尖叫聲。大家互相詢問男女主角是誰。

當時我在天台，沈醉於一片星光與燈海之中，根本未察覺樓下的紛擾。

「結果，告白的男主角是多金又多情的秦勝華，被告白的女主角就是社福一的江竹鈴，也就是妳。」

「又是他。」我冷冷地說，想起昨天那個外校中文系A女的事；「我早就說過我不喜歡這種男生。」

「但是他喜歡妳呀。」詩雅說這話的時候，我彷彿聞到室內有股酸味不知從何處冒出。

「主竹，妳真的不能考慮試著和他在一起看看嗎？」

「別傻了曉雨，別人我不知道，我對於自己的感覺是很清楚的，連試都不用試。」

「這樣啊……」曉雨的眼眶又紅了，到底怎麼回事。

「可是，就算我不想接受他，這跟妳有什麼關係？妳怎麼會一直希望我跟他在一起呢？」

「因為……」曉雨欲言又止。

我望向她們。芫媛迴避我的目光，表情似在說妳自己處理吧；詩雅則露出看妳怎麼辦的表情；這樣讓我更急於知道事實真相。我猛搖曉雨的肩：「因為什麼？因為什麼？」

「因為……我喜歡子謙……」她低下頭說。

「嗯，這大家都知道啊。所以呢？」

「……」一顆豆大的淚珠落在她的大腿上。

「唉，看不下去了，」詩雅插嘴，「既然大家都知道，為什麼妳不知道？」

「我怎麼會不知道？我還幫曉雨送過禮物、約過子謙耶！」

「那為什麼妳還要和子謙在一起？」

是熬夜傳簡訊看夜景太累，還是腦袋被雷轟到，怎麼一陣暈眩，而且一股無名火從肚子裡冒出，我大聲喝斥：「蘇詩雅妳說什麼！」

別人誤會我不管，每天生活在一起的室友也誤會我，這日子以後不用過了。

「妳不用裝了，不然妳說，妳今天晚上到哪去了？」

「我……」我現在還不想分享自己的小天使，因為那種奇怪的感覺……

「妳從來不會在十二點以後才回來，那是我這個聯誼女王才會有的吧。」

「我……我在頂樓天台。」

「一直在天台到剛才？妳在天台幹嘛？抓蚊子？」

「看夜景。」

「妳在天台的話，不可能沒聽見樓下有人在叫：『江竹鈴，秦勝華愛妳，請出來』的吧？」芫媛問道。

「我在跟別人聊天，真的沒聽到。」

「跟誰？是不是跟左子謙？」

「怎麼可能！」我抓住曉雨的手；「曉雨，妳也這麼認為嗎？」

曉雨不說話，臉上的表情很複雜。

我的心跌到陰黯不見天日的深谷，冷到冰晦不見溫暖的凍層。

「為什麼？為什麼妳會這樣認為？」我極力壓抑自己的情緒，聲音哽咽卻洩露心情的絕望。

「因為，看到情聖願意當眾告白，覺得好浪漫，覺得主竹很幸福，我就想，如果，子謙也能對我說些什麼的話，那……所以，回到寢室，我就打了他的手機，可是……」她鼓起很大勇氣般，娓娓述道；「可是他說，他真正喜歡的人，不是我……是妳。」

我開始了解為什麼人類頭骨的硬度非常高，除了因為腦部是生命中樞，需要堅硬的頭骨包覆保護外，另一個原因可能是要防雷打電劈。

聽到左子謙向曉雨說，真正喜歡的人是我，腦袋像再一次被十萬伏特的高壓電劈中一般昏眩。不過也許是命中爛桃花纏身，讓我經常遭受雷轟的錯愕，腦殼已經異於常人的厚，所以才沒有踉蹌地倒下。

「而且，他還說，他正和妳在曉園看夜景，沒空理我。」

深秋清晨的華岡，冰涼如深井之水。

陽光從窗戶照進來，室內的空氣卻凝結成霜，我們四個人像中了魔咒的石像動也不動，彷彿連呼吸都被凍結。

「唉……」我嘆了好大一口氣，雙手已經在發抖。「我在妳心中，是這種會偷偷搶別人男友的人，是嗎？」

我的語氣之冷，像從北極吹來的寒風，讓她們三人臉上覆上一層厚霜。

自從同住一室以來，她們看到的江竹鈴，總是溫和地笑著，總是關懷她們的生活、為她們買早點、叮嚀她們的功課、幫她們占好位子……也許我的友善好相處，讓她們覺得很放心，所以總愛開我玩笑，就算胡亂說八卦我也不會真的生氣。

我相信天下之大、同齡女孩之多，能同住一室結為室友，是一種緣分，若能相知為好友，更是一種福氣。再加上自己不愉快的童年、被冤枉的中學生活，我不否認有時會勉強自己接受一些傷人的玩笑或八卦傳言，以努力維繫同學、朋友間的關係；因為友誼在孤寂的成長過程中，是我所渴望的。

但是，我固執地堅守自己認為的原則，也是她們早知道的。

「希望身邊的人都能開心幸福，是我的原則。」我站起身，走向書桌，從外套口袋掏出手機；「如果因為自己喜歡，就搶走知己姊妹的男朋友，這樣姊妹會開心幸福嗎？這是違背原則的事。」

「竹鈴，不是我們要怪妳，實在是左子謙說和妳在一起看夜景，剛好妳整晚都不在，妳也說是和別人聊天看夜景，又不說是誰，那，就難免我們連想了嘛，否則，哪有這麼巧的。」芫媛看我真的生氣了，連忙解釋道。

「而且，曉雨和子謙在一起時，子謙最常和她聊的話題是什麼，妳知道嗎？」詩雅問我；「是聊妳。」

我望向曉雨，她兩眼淚汪汪的，看起來真的為情所傷，好可憐。

「所以，曉雨也很掙扎，她所愛的人愛她的好友，她該怎麼辦？祝福妳？妳又說妳不愛帥哥，那她就認為應該還有轉機，但持續付出的最後結果，卻是聽到好友真的和男友在一起，她當然會痛苦。」看來詩雅好像還比我還瞭解她。

「就算如此，妳可以先向我求證呀？」我終於明白她為何一再提起我為何不試著和秦勝華在一起的原因了。

難怪之前在圖書館幫曉雨送子謙生日禮物時，子謙會有奇奇怪怪的反應。因為他以為我是他的小天使、以為生日禮物是我送的！

「我不敢問妳……」曉雨囁嚅低語。

「我曾對妳說過謊嗎？」

她不接話，只是拭淚。我真是傷透了心。

從抽屜裡翻出同學的聯絡手冊，找到左子謙的手機號碼。

我把手機轉到免持功能，讓大家都能聽到對方的聲音。

這傢伙可能還在睡覺，來電答鈴「可惜不是你」的歌聲，梁靜茹唱了好幾遍。

「喂……？」終於把他吵醒了，他的聲音還帶著濃厚的睏意。

「左子謙，我是江竹鈴。」

對方怔了好幾秒，聲音換成精神大振：「咦，竹鈴？這麼早？」

「不早一點知道恐怕會出人命。」

「出什麼？」

「我想問你，昨天晚上你在哪裏？大約八點多的時候？」

「昨天晚上？」對方靜默了幾秒；「幹嘛？我又沒殺人，查我的不在場證明？哈哈哈哈。」

「不是啦，只是在士林夜市好像看到你和一個辣妹在逛街，還摟摟抱抱的。」

「怎麼可能，我昨晚在大倫館上網聊天打電動，沒有下山呀。」

「一整晚都在宿舍？只和網友聊天？」

「是啊。」

「沒和辣妹逛街？也沒和正妹在曉園看夜景？」

「哪來的辣妹呀？正妹又是誰？妳眼花了吧。」

「我所謂的正妹就是曉雨呀。你怎麼沒約她？」

「我……不想約她。」

「子謙，你還記得我曾經對你說過，如果你害曉雨難過，我不會放過你？」

「呃……」

「是在大雅館的餐廳說的，對吧？」

「是啊。」

「那你幹了什麼好事，讓她這麼難過？」我的語氣轉硬。

「她哭了？只是單純不想約她，就難過成這樣？」

「不想約她的原因是什麼？你跟別人有約？約在曉園看夜景？你劈腿嗎？劈誰？劈蘇詩雅對不對？我早就發現你看她的眼神不一樣！」

「我哪有！我真的整晚都在大倫，不信我馬上叫郭倍起來幫我作證，我們兩個一起打線上遊戲到一點多耶！」

「真的沒有在曉園看夜景？」

「曉園都是情侶好不好，我一個人看夜景？跟聶小倩看呀？妳是看到鬼了吧。」

聽到這，曉雨的臉上滿是愧疚和抱歉。詩雅和芫媛也低著頭不敢看我。

「我是遇到鬼了，遇到一個負心鬼無知鬼討厭鬼懦弱鬼，竟然找我當擋箭牌扯謊說什麼跟我在一起看夜景！左子謙你給我聽好你這個爛東西，讓我的曉雨傷心難過，我永遠討厭你！以後見你一次就瞪你一次瞪到你心慌慌瞪到你變兩光，江竹鈴一輩子沒有好臉色給你看！」我大罵。

「對不起啦，我——」

「你要是敢愛我，我就敢拿剪刀剪斷你的小雞雞！」這話是高中時聽到假柔對一個纏著她的醜男說的。

「……」手機那頭的左子謙應該嚇傻了吧。

她們三人瞠目結舌地望著我，不敢相信我會說出這種話。

「還有什麼要答辯的？」

「沒、沒有……」

「那我掛了。待會上課時我就在你背後瞪你！」

結束通話，曉雨起身：「竹，對不起啦……」

「不要說了，我累了。」我往枕頭上倒，用棉被蒙住頭。

對於推心至腹，視為自己親妹妹的曉雨，竟然為了一個男生懷疑自己，心頭只有淌血的感覺。

之後的兩個禮拜，我都和曉雨冷戰。我不喜歡這樣，但是把自己最痛苦的過去不避諱地告訴她，是因為相信她，也因而認為她應該知道我是最痛恨小三的人，當然就不可能讓自己變成被人唾棄的小三。但是她卻認為我就是搶走子謙的小三，這真是不可原諒。

雖然她再三向我道歉，我口頭上也表示算了，但心裡仍然無法釋懷，對她的態度就不像以往親近。她也感受到這件事帶來的鴻溝，所以心情也非常低落。

另一個見到我會頭低低的人是左子謙。他應該經常覺得背後有人在瞪他。

人生真是有失有得。我和自己的小天使開始用MSN聊天。

孫老師真是多慮了，從小天使的這個帳號，我根本無法發現還有誰是加入的好友，也無法從加入的好友得知小天使是誰。看來，這是個孤單的帳號，若不是專門為了和我聊天所申請的，就是小天使是個沒有其他朋友的人。

曉雨的事影響心情很久，我問小天使：如果最要好的朋友也懷疑自己的人格，認為自己背叛了她，該如何面對這樣的心情？

小天使回覆我：當然應該先跟她解釋清楚啊。

——已經解釋清楚，她也知道是誤會了。但是我不能原諒最好的朋友懷疑自己。

——這樣，妳會快樂嗎？

——當然不快樂。

——那就想想，為什麼妳們會變成最要好的朋友呢？

為什麼呢……

因為曉雨的天真、單純、沒心機。

因為廖媽媽拜託我時，那個誠懇的笑容。

因為曉雨也很關心我，對我也很好。

我陷入沈思。小天使又傳來：

——是因為男生的關係，產生的誤會嗎？

好想馬上看看小天使是誰，因為她太像真的天使了，好像什麼事都知道。

——男生合則交往，不合則分則換。但是知心好友是不能被取代的哦。

——為什麼？

——因為妳們共同的感動與笑容，是男友或下一個好友所不能給妳的。

我的手指在鍵盤上動也不能動，心中因為這句話而悸動。

她幫子謙挑選禮物時的期待，在大典館門前她疼惜我所流下的淚珠，她和子謙鬧脾氣時的表情，她在收到水晶鈕扣時的笑容，她和廖媽媽第一次出現在寢室門口的可愛模樣……

——而且，如果是出於誤會，她除了在乎男友外，難道不是因為介意好友的感受？

——小天使已經知道我說的是誰了？

——是誰不重要，誰先伸出手，把彼此的距離再拉回來，比較重要吧。

——那我現在應該怎麼做？

——妳應該知道怎麼做。不論怎麼做，記得給她一個擁抱。

講到這裏，小天使就離線了。

我的小天使真是神祕，又有智慧。

第十三話

體育課，曉雨、子謙和我都是選修桌球。

體育老師今天教旋球和殺球；示範技巧後要求按照以往的分組，以三人為一組開始練習。兩人先練習、另一人負責撿球，練習十分鐘後換人下場練。

以往的分組，我和曉雨、子謙是一組；我們都練得很自在，而且學得很快，還曾被老師誇獎。

但今天，我們這一桌的小白球乒乒乓乓地跳，聽起來卻像尷尬尷尬地叫。

先是曉雨和子謙練習。子謙的眼神閃爍，曉雨的表情古怪，兩個人都很難專心推拍。練了半天，發球的一再發不進桌上，接球的不斷揮拍落空，搞得我必須一撿再撿，一下子額頭上就直冒汗，運動量最大的反而是撿球的我。

「喂，你們兩個怎麼回事？」我忍不住低聲問。

「哪、哪有怎麼回事……」

「我們練的不錯啊。」

「沒有一球打在桌上，你們兩個是在練暗器，不是在練桌球吧。」

我走向曉雨，從身後握住她的手背，協助她作出正確的揮拍姿勢：「應該是這樣斜揮，而且要用力，旋球的氣勢要作出來。」

「喔。」

我交給她一顆球。她往眼前一拋，大力一揮，球像子彈般飛射過網，直接命中子謙的右頰！

「哎呀！」子謙摀住他的臉，用力搓著。

「拍子角度不夠斜，重來一次。」

曉雨再發一球，這次直射子謙的額頭，留下一個紅紅的印記。子謙痛得眼淚差點激噴而出。

第三次，球直射子謙的嘴。他的唇在幾秒內馬上變成兩條香腸。

「買尬！你還好吧……」我忍不住問他。

「小事、小事。」他一手摀嘴，一手猛搖。接下來曉雨就再不敢用力發球，子謙不知是心虛還是心慌，接球殺球也是以百分百的溫柔，以致小白球像小白痴球一樣無精打采慢慢盪過來、跳過去、轉個彎、再掉下去。

我撿球撿到兩眼發昏，忍不住打了個好大呵欠，也不敢再教她什麼。

十分鐘拖過，我和曉雨換位置，改由子謙發旋球，我用殺球接。

子謙的發球有旋，但力道不夠，我用力一殺，球在桌上飛躍，斜射越網，直接擊中他的……

重要部位！

他的臉一下子就紅得像熟蝦子。

「抱歉、抱歉！」我的臉也一陣燙。

他再發球，我快速伸拍、斜揮、在空中劃過一道漂亮的弧線、接中時球與拍間發出清脆「啵」的一聲！殺球！

小白球電光般越網、輕輕點過對方的桌面、急彈而起、射出——

竟然又直射中同一位置！

子謙糗到不行，他的表情說：妳明明是故意的吧？

「不、不是故意的！」我好想死。

我偷瞄到曉雨的表情，她極力忍住、撐住，不笑，嘴角有點小抽動。

第三球我投鼠忌器，不敢再大力。結果沒有力道，卻被老師看到：「江竹鈴，妳沒吃飯嗎？不用力接連螞蟻都殺不死怎麼殺球？」

我只好趕緊大力一揮。因為子謙打過來時球帶旋，我還刻意控制拍子的角度，心想直殺過去球應該會歪到桌外，這樣也可以避免第三次的巧合。

球從我的手拍彈出後，往桌上急跳，發出很響的啵聲，果然有力又有彎度，應該不會再……

竟又要往他重要部位飛射！

因為他見我又大力猛揮，害怕再被射中，身體不自覺往旁邊閃躲，卻剛好朝球轉彎的方向，形同以肉身擋球……眼看球就要再次接近同一部位！

他大驚失色，趕忙用雙手護住，結果射中他的手背，發出「扣」的清脆聲，想必手骨被擊中。

「哎呀！絲——！」他急撫手背，看來痛得很。

「對不起、對不起！」我連忙彎身向他道歉，跑過去拉起他的手背觀察。

手背馬上浮起紅印，我自然反應為他搓揉，滿心抱歉。

他瞄了瞄我身後的曉雨，手不自覺想抽回。我愣了一下，想到什麼，發現曉雨表情陰晴不定，子謙則彆彆扭扭。我也尷尬到不行，只得立即放開他的手：「都腫起來了，曉雨，還不快過來看一下。」

「斷了最好。」曉雨頭一撇，逕自玩起「球在拍子上跳舞」，不肯看他。

唉……感情裡的裂縫有時明明很小，但會像馬里亞納海溝，很難跨越。

我們就在這樣各懷心事、彆扭詭異的氣氛中上完兩堂體育課。

下課後，我和曉雨一起踱回寢室。

以前我們要好的時候，走在一起連步伐都是整齊一致。現在我走在前、她走在後，彼此刻意保持距離的結果，連呼吸都怕出錯。

我真的不喜歡這樣。

小天使說我知道怎麼做……

我後來又再追問該怎麼做，小天使給我的答案是：知己好友會做什麼，就做什麼。

寢室裡，我見詩雅和芫媛還沒有回來，終於下定決心。

「曉雨。」

她怯生生地抬起頭看著我，像偷吃罐子裡的糖果被抓到了，準備接受責罵的小孩一樣無辜。

我把椅子挪近她，輕拍她的背：「對不起啦，這幾天心情不好，沒有多跟妳講話，妳不要生氣，好不好？」

「我沒有生氣，只是覺得對不起妳。」

「是我先沒注意到妳和子謙之間的事情，應該我說對不起。」

她搖搖頭，眼眶裏溼溼的。

我給她一個擁抱。

「可是，妳知道嗎，為什麼我沒有注意到妳和子謙的事？因為……」我深呼吸，還有一點猶豫。「因為，我喜歡上一個人。」

「啊？」曉雨不可置信，眼睛睜的超大。

「我的心，經常被這個人的身影填滿，就不小心把妳的事擠出去了，所以，我們才會產生誤會，妳懂嗎？」

「嗯。」

「這是我深藏在心中最珍貴的祕密，拿出來與妳分享，希望妳不要誤會我，還把我當好姊妹，好嗎？」

她猛點頭：「那個人是誰？」

唉，比起我們是否和好，看來她更關心我喜歡了誰。

要把深藏心中的祕密說出來，需要很大的勇氣，我努力平靜自己的心：「這祕密只跟妳分享，妳絕對不可以對別人說？」

她猛點頭，還伸出小妞妞要打勾勾。

我把暗戀擦擦的經過，從頭到尾告訴她。

自從在雜貨店確認擦擦就是在閱覽室的四號男之後，我心裏某個位置就是圖書館裏的那個位置，那個位置就不自覺保留給他，那個我不認識的他。

他經常在我的眼前出現。如果我在教室，他就會出現在前方的白板上；如果我在洗臉，他就會出現在手心的水波中。

在校園仰頭望天，就會找到他雙眼，清澈晶明，忽隱忽現；在寢室低頭看書，就會看見他微笑，字裡行間，且實且杳。

沒課的時候，變成最期待的時候，因為我會心情愉快地拎著書本，到圖書館去偷看他一整天。而他沒有出現的時候，變成最思念的時候，因為即使明天又可以遇到他，卻對明天的姍姍來遲感到不安。

一想起他，總是心房裏有著什麼在亂撞。回想到奇特的邂逅，讓我不知不覺地輕輕傻笑；想像他喜歡的對象根本不是如我這般的女孩時，卻又會不明所以地緩緩落淚。

有一次，我在梳頭時，忽然症狀又發作了。

因為在鏡子裡看到我獨自坐在無人的樓梯間角落，想起過去的自己，眼角不經意淌下淚來；他不期而遇發現我，悄悄走到背後，伸手遞來一條手帕，一條藍白相間的手帕。

他輕輕說：擦擦，過了就會好。

我起身，接過手帕。這一次，他沒有轉身就走，而是靜靜地注視著我，輕輕說：不要怕，未來有幸福。

我用手帕擦去淚水，對著他笑了，笑得很輕鬆，很放心。我走向他，毫無疑慮地對他伸出手心，希望他握住……

他會握住嗎？會把手心的溫熱傳給我嗎……

還是，羞赧地微笑，然後搖搖頭，說聲抱歉，讓拒絕的冰劍刺碎我的心……

「妳幹嘛，中邪了？」是詩雅的聲音喚回了我的元神，她發現我握著梳子的手停在頭頂上，只梳到一半就愣住，望著鏡子裡的自己，半晌都不動，當時寢室裡只有我跟她，把她嚇了一跳。

她驚異地靠近我，望望鏡子，以為鏡裏有貞子在爬。

我趕緊乾咳兩聲，放下梳子閃開，隨口說：「沒有啦，只是覺得不太舒服，好像生病了，想去看醫生。」

「咦？」她不愧是聯誼女王，只是盯著我看就說：「不是喔，妳這個病應該不用看醫生。」

我有點慌亂：「胡說什麼，哪有人生病不用看醫生的。」

「有一種病不用看醫生，叫相思病，又名花痴病，只要投入想念的人的懷抱，就會不藥而癒，抱得越緊，好得越快，哪需要看醫生。」

「啐！不知所云。」我瞪她一眼，急忙拿起皮夾假裝要出門，其實只是想躲開她那張嘴。

「該不會是在想情聖吧？」

我從來沒有發現自己走得可以像飛一樣快，幾乎是奪門而出。

這樣的症狀，讓我一個人的時候經常痴痴呆呆，心神恍惚，等理智清醒時又責問自己在幹嘛，人家不過好心借妳手帕而已，就痴心妄想些什麼，人家不是已經有女朋友了嗎？那個經常來找他、拉著他的袖子搖來搖去的女生，看起來對他很有好感的，不是嗎？那妳還想怎樣？真的要不顧自己堅持的原則做小三、破壞人家嗎？太無恥了！那樣不是太虛假了？妳憑什麼不恥假柔？

但是情感的小惡魔總是在理智的小天使飛走後，在我耳邊說：那有什麼關係？大家公平競爭呀，妳不是班上公認長得最美的女生？哪個男生不喜歡漂亮的女生？那個長相平庸的女孩只是拉拉他的袖子搖來搖去，就能永遠擄獲他的心？怎麼可能！妳只要學詩雅畫上一點眼影，穿上短一點的裙子，只要短一點點，擦擦還能逃出妳江竹鈴的手掌心嗎？

這時理智的小天使所敲的鐘又響了：妳不是說人不可貌相嗎？妳卻用外表去吸引男生，而不是用妳的心、妳的內在去誠心交往，這樣妳跟假柔有什麼兩樣？妳的原則到哪裏去了？

我深吸一口氣，把情感的小惡魔趕走。

但是情感的小惡魔在飛離前，卻回頭丟給我一個無辜的表情說：妳好可憐，終於遇到一個認為可以交出心靈的人，卻要堅守所謂的原則？為不知被人嘲笑多少次的原則而放棄？下一次的幸福何時才來？會不會再往下走，海灘上就沒有更美的貝殼了，反而只有後悔的海浪將妳吞沒呀？小惡魔這樣的慫恿，讓我不禁低下頭，又嘿嘿嘿地偷笑，嗯，我準備把那件衣襟開得很低的上衣找出來，再翻出我的必殺短裙，勇敢地為自己的幸福告白好好著裝。

理智的小天使卻直接飛來，用箭把小惡魔射跑，還罵我：不知矜持！只想以外表吸引男生，是身為女生的悲哀！妳把女生的臉都丟光了！妳期待喜歡妳的男生都是以誠意、善良的心對待妳，看到妳的內在，認同妳的想法，愛上妳的個性，妳卻只想以外貌吸引這樣的男生嗎？那又何必？直接找秦勝華不就好了？連粧都不用畫……

我就這樣被理智與感情拉扯糾結著。

想拋開有絕對的捨不得，不拋開又有萬般的不知所措。

還有，我開始喜歡一切有關橘子的東西。每餐飯後一定吃一顆橘子。瘋狂蒐集有關有橘子圖案的T恤、包包、手機吊飾和一切日用品。每天用橘子香味的清潔劑在寢室拖地、擦桌椅窗戶。連簽名之後都要在名字後面畫一顆小橘子。

「難怪，這一陣子寢室都好乾淨，地板比日本料理用的砧板還乾淨。」曉雨恍然大悟。

最嚴重的是，我每天都要用洗衣精浸泡那兩條藍白相間的手帕，深怕它上面的橘子香味會隨時光流逝而消失。

我懷疑自己是不是得了橘子強迫症。

曉雨聽得入神，時而浪漫微笑、時而眼角沁淚。

「原來主竹喜歡的是手帕男孩。」

手帕男孩？超 Cute 的外號。

「手帕男孩應該很帥吧？」

我拿出那張在圖書館裏偷畫的素描。

「是側面啊？這樣看不出來帥不帥呀。」

「我喜歡的是他溫暖的心，帥不帥不是吸引我的重點唷。」

「他什麼名字呀？唸什麼系？幾年級？妳都不知道嗎？」

我搖搖頭，不知該如何知道。

「那怎麼發展？妳不想跟他講講話嗎？」曉雨急切問道。

我搖搖頭，也怕知道未來會如何……如果，他根本不在意我的想法，或是如果，已經有女友了的話，那……我的心會裂開嗎？

暗戀的滋味，原來就是幾分酸甜，加上幾分擔憂與靦腆。

我把這個問題先拋給自己的小天使：**偷偷喜歡一個人，卻不知道對方的名字，要怎麼辦？**

誠如曉雨所說，養寵物也要知道品種，更何況是暗戀，至少要知道對方的名字吧。雖然比喻的不倫不類，但是經她這麼一說，我變得很想知道擦擦是誰。

小天使回問我：**他有什麼線索可查嗎？**

曉雨這時制止我：「雖然妳的小天使對妳很好，但是，不知她的嘴大不大，萬一她好傳八卦，先查到了……」

不能排除這種可能！畢竟小天使是誰、喜好如何，我並不清楚。秦勝華的事，已經夠煩了。最重要的是，擦擦雖是暗戀，但我非常珍惜，所以這事還是愈少人知道愈安全吧。

所以我回傳簡訊：「算了，隨便幫別人問的，讓當事人自己想辦法好了」，就把這個問題打住。

第二天一早，我和曉雨到圖書館。

我們兩個像小偷一樣，鬼鬼祟祟，遮遮掩掩。因為我們要做一件壞事。

擦擦在那裏。老位置。

我們落座，我指指他。

曉雨沒見過他，滿是好奇地死盯著他觀望。

「喂！」我拉她的手臂，低聲道；「別這樣，會打擾人家的啦。」

彷彿擦擦是隻很容易受驚嚇的小雀鳥，我深怕他一下子就飛走了。

曉雨也低聲道：「可是他低著頭看書，我看不到長得怎樣呀。」

「我是請妳來幫我查他的名字，不是要妳來看帥哥的。」

「呵呵，對喔。」她吐吐舌頭。

我們俟機而動。結果，一坐就坐了兩小時。

我們兩個假裝看書，其實在偷窺他的舉動。

他大多時間都是低頭翻著書、抄些什麼在筆記簿上，偶爾抬起頭也是直接望向窗外，想些什麼。

曉雨不時偷瞄他，仍然皺著眉、嘟著嘴，因為始終無法看到他的正面長相。

驀然，他抬起頭了……

背包裡的手機振動著，他很快取出手機站起身，要出去接聽，就在那一剎那，他的臉朝向這邊。

「哇！」曉雨不自覺抬起頭，直挺挺望著他，還發出低嘆聲。

「喂，還不快。」我推推她。

她馬上起身，步出閱覽室。

他怕吵到看書的人，講電話一定會到閱覽室外圖書館的露台上，小小聲的；這是我好幾個星期以來的觀察。

曉雨跟出去，她把風。我則悄悄起身，步向他的座位。

心臟乍然像被猛催油門般狂跳，這是我這輩子第二次作壞事。

第一次是因為發現哥哥交到壞朋友，我痛哭著要求他不要步入黑道，自斷人生。他先是答應我不再跟那些人往來，但是發現他只是不耐煩我的嘮叨，情急之下，我偷看了他的手機簡訊。

結果被他發現，賞了我一耳光，從此兄妹兩人賭氣不說話，幾天後他就離家出走了。

偷看哥哥的簡訊時也是這種緊張到胃快抽筋的感覺，但現在，還加上心臟急跳與頸子躁熱。看來我真的不適合小偷這行。

我坐在他的位置上，開始翻他的書。雙手抖個不停。

第十四話

書本和筆記簿的封面與內頁、背面與背面的內頁，完全找不到主人的名字，但目錄頁上方都畫有一個小小的豎琴。難道他姓豎名琴？

筆記簿裡他的字很小，飄逸有力。內容是一些案例分解摘要。是唸法律系的。

外套口袋裡的手機開始振動，曉雨傳信號來告訴我：他回來了。

原本應該更緊張的心，忽然平靜下來。

我拿起書本旁的筆，在筆記簿的上方空白處寫下：**謝謝你的安慰與鼓勵，手帕我可以留著嗎？**

回到座位，曉雨也回來我身邊。我們繼續低頭假裝看書。

他回來，坐下。倏忽，發現我那行字了。他眉頭往上微揚，抬起頭，往四周張望。

他的目光只有掃過我，沒有停留。表示他根本不認識我，甚至連他的手帕是不是給了我這個人都沒印象了。

我低下頭，從瀏海的髮隙間偷瞥他。他找不到留字人，低下頭，嘴角微微彎彎。他笑了。

一陣鐘聲響起，空中花瓣飛散，快樂頌的琴聲在腦海中悠揚，有著小翅膀的裸身小童吹著小號角盤旋四周。我在充滿花香、陽光、音樂的教堂裡旋舞著、跳躍著，腳尖輕飄飄的，身上的白紗輕柔地浮動著。他笑了，只因他笑了。

我也笑了，頭低低的笑著。

天堂原來這麼近。

曉雨頂頂手肘，示意我出去。

我們走出閱覽室，跑到樓下。

「妳還說不帥，他很帥好不好！」

真的嗎，難道我也是以貌取人……不可能，這樣違背我的原則。

「有嗎？他有比秦勝華帥嗎？純就外型來說唷。」我嘴硬反駁。

「呃，這個……好像還是秦勝華帥。」

「他有比高英帥嗎？」

「是也沒有啦，不過——」

「他有比妳的子謙帥嗎？」

「喂，別扯到我。但是他看起來就給人一種……」她歪著頭，想不出形容詞。我接道：「一種很乾淨、很溫和、很想與他接近的感覺。」

「啊，就是這樣。原來妳喜歡這型的呀，很特別。知道他的名字了？」

「不知道，除非他叫豎琴。」我把看到的情形告訴她。

「耶？會不會是姓素，素還貞的素，齊秦的秦？」

素秦？也很怪的名字吧。難道他爸是布袋戲迷？

還是粟晴？宿擎？我們只憑諧音一陣胡亂猜測也沒有答案。

校園的鐘聲這時響起。

「啊，他現在應該準備要去上課了。」每個禮拜的今天上午，他都會去上課。

曉雨和我對望一眼，彼此很有默契：跟著他去上課！

我們正準備要返回閱覽室，一個身影出現眼前。是左子謙。

曉雨馬上往我身後縮退，忸忸怩怩。子謙原本看著她的視線，轉到我身上後，也馬上顯得慌亂，裝作沒看到掉頭想走。我馬上喚他：「子謙，等一下。」

我跑上前，他頭低低的：「什、什麼事？」

曉雨保持一段距離，不想靠過來。

「不管你是不是曾經把曉雨當作女友，也不論我有沒有拒絕你，我們三個都還是好同學、好朋友，不是嗎？」

「……」他原本飄忽的眼神穩定下來，但為了面子，嘴硬回道：「我、我本來就是這樣想的嘛。」

「好啊，那以後我們遇到了就不用躲躲閃閃了，對不對？你要閃我四年嗎？」

他的眼神飄到曉雨身上，又拉回來：「是她在閃我，我不好意思，才想閃的。」

「子謙，你是不是有什麼話想跟她說？」

「呃……嗯……其實也、也沒有什麼……」他轉身又想走。我拉住他：「如果有，我可以迴避，讓你跟她獨處。」

「是妳說的，不是我要求的唷。」

我噗嗤笑出來，怎麼這麼孩子氣；他漲紅了臉，表情超逗的。

我跑過去曉雨身邊：「他有話跟妳說啦。」

「有什麼好說的。」小萌女白眼一翻，撇過頭去，語氣裡已經有嬌甜的味道。

兩個人都很好懂、很單純，難怪兩個人我都很喜歡。

「哎喲，聽一下嘛，人家想了很久的，如果覺得沒誠意，再把頭兒甩嘛。」我故扮三八媒婆狀，把她逗笑了。我見機不可失，趕快向子謙招手。

「那妳要自己去找擦擦？」

幸福來敲門時，要自己去打開。我點點頭，揮揮手，留下子謙和她。

我和擦擦保持一段距離，亦步亦趨。

這段日子以來，為什麼我和他之間總是有這樣一段距離。若是陌生，該如何拉近，若是矜持，又該如何放下。我心有些焦躁，看來傳說中女追男只隔層紗，根本是誤傳。

咦，自己這樣老是注意著人家、跟著人家，是不是屬於女追男啊……想到女追男，我忽然想起薇薇學姊說的：如果小天使是女生，那就是我的知己，若是男生，那一定要倒追他。

我的小天使應該是個很有智慧的女生吧，關於如何拉近與擦擦的距離，也許可以拐個彎問問小天使，不要讓她知道對方是誰，就不怕被亂傳了吧。

我跟著他步入大賢館一樓的教室，這裡是法學院。

這堂課來上的人很少，大家都擠在後面。他與少數幾個人卻選擇前面的座位。

我混在靠近教室後門角落的位置。

教授在前面賣力說著什麼專有名詞，完全聽不懂。

我旁邊是一個女生，書本下藏著一支新型手機，手指在上面滑來滑去。

我凝望著擦擦，發現他上課超認真的，還有還有，他的側臉真的很好看。

對於感情，他是不是也一樣認真呢……

這段期間的暗中觀察，曾與他在校園裡攀談或在走廊上打招呼的，男女都有，但除了拉袖女很可疑外，應該都只是同學、朋友間的平常互動。

不知拉袖女到底是不是他的女友呀……我向四周張望，她應該蹺課了。

我就這樣不知自己在幹什麼的，在教室的角落，偷偷凝望著他，注意他的每個動作、每個反應。

下課鐘聲響，幾個人圍在教授身邊問問題，擦擦也是其中之一。

「妳是學姊嗎？」身旁的女生靠過來悄聲問。

「不是，我旁聽的。」我隨口說說。

「什麼系的？會想來旁聽民法總則？」她一臉狐疑。

「呵呵，只是試聽而已。」試聽？把這裏當補習班嗎，她一定是這麼想的。

「妳好像很注意他喲？」她手中的筆指指擦擦，別具深意地問。

「蛤？哪、哪有……」我像偷吃的小孩突然被大人發現了一般，一陣慌亂。

既然深入敵境，即使敵人都睡著了，也要注意有無哨兵或暗樁，自己真是太大意了！她目光犀利地盯著，好像已經看穿我的內心。奇怪，剛剛她不是一直在用手機上網，怎麼有時間觀察我。

「他已經名草有主了喲。」她曖昧地觀察我的表情。

「他？他是誰？妳在說誰呀？」我瞄到桌上的課本背面有她的名字：卓珊珊。

「文曲呀，妳不知道他的名字嗎？」

原來擦擦的名字是文曲，我終於知道了，也明白了他書本裡那支豎琴的意思。但卻是在這種情形下知道的，不知該喜還是該悲。我強作鎮定：「喔，我不認識他耶。他是名草嗎？主人又是誰？」

「那個呀。」她手中的筆指指窗戶外，一個女生正望著擦擦。「她叫韋蘋，是我的好友，也是他的女友，知道嗎？」

好一個義薄雲天的知己至交，先用灑狗尿的方式建立領域，以防他人來犯。

「喔，這樣啊，兩個人很速配呀。」

「妳不會是想當小三吧？」

「哈哈哈，哈哈，妳想太多啦，我只是旁聽而已啦。」

「那就好。」她伸出手示好；「妳到底什麼系的？」

我握住那隻冰冷的手：「森林系，專門學植物的。妳說一個植物人怎麼可能當別人的小三，是吧？」

「那怎麼會來旁聽法律的課？」她笑笑，看來心防已鬆懈。

「有在考慮轉系啦。」小謊已扯，再說些更瞎的大謊好像就變得很自然。

然後她嘰哩呱啦又說了些什麼法律系歡迎妳來之類的，我已經聽不進耳了，心裡只迴盪著：他已經名草有主了、已經名草有主了……

而且那個叫韋蘋的女生，真的很漂亮。

第二節上課鐘聲響起前，我隨便找了個理由向卓珊珊說再見，就起身離開。

在校園裡踱著步，心裏猶疑得很。

如果卓珊珊說的是真的，這段時間裏為何我沒有發現他身邊有其他女孩出現？難道是昨天才表白正式交往的？那老天也對我太不公平了。

但若這真是如此，自己又該如何面對……心儀的人被人捷足先登的殘酷事實……

相見恨晚的滋味，原來這麼苦澀。

我絕對不做介入別人感情的第三者。

但我到底是不是晚到了，這點一定要先確定，不然就算死心，也會死不瞑目。

下課鐘聲再度響起，一群人走出教室。

果然，走在文曲身旁的，是那個叫韋蘋的女生。兩人併肩邊走邊聊著。

遠遠跟在後頭的我，心上像被人割了一刀。

自從與文曲邂逅以來，從沒見這個女生出現過，現在這幅情景，真的是昨天才開始正式交往的結果嗎……

橘子和蘋果在一起，只剩我這顆孤單的檸檬，心酸皮苦。

他們走進山仔后的星巴克，一聊就是一下午。

他在講話時，我總覺得她看著他的眼神充滿熱切、期待，那應該是一種愛慕心儀的嬌羞表情。雖然聽不到他們談話的內容，但看起來可都在聊一些心裏話，否則她怎麼會一會兒笑、一會兒拭淚。

遠遠坐在角落窺視著的我，手中的小湯匙愈攪愈大力。原本熱呼呼的摩卡，喝起來又冷又苦澀。

一路上走來的時候，沒看到他們牽手，表示應該只是剛開始交往吧，那也就是說，還不到熱戀時期，對吧。如果是這樣，嘿嘿，那其實我可以……

不行不行，除非人家還沒開始，或是已經結束，否則介入別人的感情，就是小三，怎麼可以有例外的空間？可恥！

可是可是，也許自己才是先開始的，那顆蘋果才是後來居上的吧，如果說介入的話，應該是蘋果介入檸檬與橘子間原先的發展才對啊。所以，如果能吸引橘子的注意，甚至有更進一步的接觸，也許蘋果最後就知難而退了。畢竟，喜愛一個人，就該勇敢表白，結果如何，就看對方如何選擇，這才是所謂的隨緣呀。難道要隱瞞自己的感覺，看著別人幸福，自己則後悔與遺憾一輩子嗎……

可以這麼自私嗎？一旦表白了，不會破壞眼前這兩個人正在發展中的關係嗎？如果會，就一定有人受傷，這樣也沒關係嗎？為了自己的幸福，不顧別人的心情，這種事是妳該做的嗎？不會違背妳的原則嗎……

原則會給自己帶來幸福，還是不幸？薇薇學姊不是說過，感情的事，七分是感覺，感覺對了，一百分的原則也不能保證幸福吧……

眼前的兩人結帳後，神情愉悅地散步回女生宿舍；心裏的小天使與小魔鬼，為了到底我該積極進一步，還是就到此為止，大吵扭打不止。

我這樣的掙扎，直到他送她到大慈館門口時，頓然而止。

她向他揮手道別，他也揮揮手。

她已經往前走了幾步，突然又想起了什麼，回身，快步走向他。

踮起腳，她竟迅速在他臉頰上吻了一下，然後嬌紅著臉很快地跑進宿舍，留下不知所措的他呆立在路燈下。

過了好幾分鐘，他轉身，往我這邊走來；漲紅著臉，表情還是靦覥。

我和他迎面錯身而過；他的表情告訴我，他不認識我。

天空這時開始有小雨灑下，落在我的髮上、頰上，宣告華岡的冬天來了。

有一個奇怪的聲音，在我心裡清脆地響起。

很久很久以後，我才知道，那是一個人心碎的聲音。

第十五話

接下來的兩個星期，我像行屍走肉一般，對於周遭的事物無動於衷，每天面無表情。事後回想，那段期間可能得了反應僵化症，與室友、同學的互動，不是「哦」、「好」，就是「沒有」、「不要」、「是嗎」。

比如「竹鈴，一起去上課吧」時，回應就是「哦」。

如果「要不要順便幫妳帶便當回來」時，回應是「好」。

或是「怎麼無精打采的，生病了嗎」時，就是「沒有」。

要是「妳怎麼都怪怪的，不要嚇我，要不要去看醫師呀」時，一定是「不要」。

偶爾出現「怎麼那麼冷淡，是驕傲嗎？還是瞧不起人呀」時，我的回應就「是嗎」。

除此之外，不知為何，我完全想不起來其他語彙，至於生氣的感受、想要急於解釋的正常反應，好像已經從腦海裡被抽離、遺忘了。

充耳不聞、視而不見、了無生趣、槁木死灰。十六字的武功真訣，不必苦練，竟能夠自然地爐火純青，百毒不侵。

自從淋了那一場宣告冬天乍到的小雨之後。

這其中，大概只有兩個人知道我發生了什麼事。

一個是曉雨。那晚我回到寢室，就開始發病了。病症之初是她關心地問：「後來妳跟著擦擦去上課，有什麼發現？」

「他已經有女友了。」冷冷地回了這一句，之後我就失去了聽力、理解力和記憶力，所以她聽到之後的反應是什麼、說了些什麼，我完全想不起來。

另一個是小天使，不知為什麼好像知道我的遭遇一樣，傳來簡訊：「好幾天沒見妳上線，失戀了？」

起初沒心情回覆，結果小天使又傳來：「如果只是暗戀，那對方根本不知道妳在偷偷喜歡他，也就是說，妳的戀情還沒有真正開始，就已經結束了，比起那些愛得死去活來才分手的人，應該還算幸運吧。如果妳能這樣想的話……」

後來又傳來：「失戀只是一時的失落，不要連身邊關心妳的朋友也失去，那就會成為失敗囉。」

看到這則簡訊，內心倍感溫暖，也不禁向身邊張望，小天使真的在身邊看顧著我耶！彷彿在身後望著我、也彷彿在心裡體會著我的感受，才會傳來話語安慰、鼓勵我。

「很不快樂嗎？記得要寫在音樂盒裡。」

「不快樂的女人老得快、對鏡看到自己的臭臉，會老得更快。這就是台語臭老的由來。」

看到這則簡訊時我終於忍不住笑了。收拾起落寞心情，傳簡訊問小天使：「怎麼知道我現在很不快樂？」

小天使：「因為我是妳的天使。」

我又笑了。再傳：「如果自己喜愛的人已經被別人先愛走了，該怎麼辦？」

「如果無緣，只好祝福。」

「到底怎樣才是有緣？」

「他常常無意中出現妳眼裡、妳不經意讓他走進妳心底。」

「那又怎樣才是無緣？」

「他還是會與妳不期而遇，但沒機會了解妳的心意。」

「那會怎樣？」

「妳只有黯然看著他離去。」

「怎樣脫離黯然離去的失落？」

「咖啡苦與甜，不在於怎麼攪拌，而在於是否放糖；一段的傷痛，不在於怎麼忘記，而在於是否有勇氣重新開始。」

「已經失落，何來勇氣？」

「選擇相信。」

「相信什麼？」

「相信若是有緣，一定會相遇，一定會在一起。」

小天使的話語，放在心裏想了很久。

決定放下的那晚，我突然對詩雅說：「後天就是聖誕節了。」她們三個人不約而同抬起頭，投以驚異的目光。因為我已經好久沒有主動跟旁人說話了。

「記得妳說過聖誕節，我們要去寢室聯誼？」

「對啊，妳……」詩雅彷彿看著一個昏迷多日、大病初醒的患者表達想喝水般的奇跡表情；「妳會去嗎？」

我笑了笑：「我想去。」

詩雅大吐一口氣：「好了好了，她恢復了。」

芫媛放聲大笑道：「附在她身上的髒東西終於走了。」

曉雨也激動地拉著我的手：「主竹，妳還好吧？我好擔心啊。」

「讓妳們擔心，真不好意思。今晚我請吃宵夜吧。」看來在失落的這段期間，室友們都很關心。

芫媛立即興奮地發出亞馬遜叢林吼猴的怪叫聲。

「妳是怎麼回事？」去吃宵夜的路上，詩雅小心翼翼地問。

「討厭失去的感覺，偏偏讓我遇到，所以很失落。」

「失去什麼？男朋友呀？」

我苦笑，搖搖頭：「不是。過去就算了，不想再提了。」

「那是什麼讓妳想開了呀？」曉雨也湊上來問。

「我的小天使有給我指引唷。」

「知道妳的小天使是誰了嗎？」

「不知道，但現在很想知道。」

「可是我們幫妳問了很多人，都沒有人知道。」

我開始期待學期趕快結束，能知道小天使是誰。

耶誕節，天氣晴，我們四個起了個大早。

為了博得帥哥們的好感，大家相約要儘量地露。

詩雅穿了件領襟超低的上衣，露出超深事業線，想必會殺光男生的視線。

芫媛上半身是無袖T恤，雪白但圓滾的手臂全都露，看來……有點肥膩。下半身則堅持要穿長裙，否則露出小腿的話，看來會……更肥膩。

曉雨則把她的瀏海往上梳，終於露出她可愛的額頭。

而我，應她們一致的要求，只可露出笑容，其他的一律不准露。所以我還是馬尾、T恤配牛仔褲，因為要到海邊，還加了件外套。

我們搭公車下山，到士林的一家速食店集合。

在快抵達店門口時，詩雅叫我們先在路邊的騎樓裡等一下。

「有的男生很賤，遠遠看到女生來了，認為不優，就趕快蹺頭閃人，然後再來電說什麼生病啦、車壞了啦，集體放大鴿，超沒品的。所以我先去探路，妳們等著。」不愧是聯誼女王，所言甚是。

片刻後，她從速食店走出來，向我們招手。我們走向她，芫媛興奮地問：「帥嗎？帥嗎？」

詩雅比了個ＯＫ的手勢，芫媛竟小聲尖叫道：「媽！我可以嫁了！」

我們進入店裏在約定的位置坐下，三個男生用笑容迎接我們。

其中一個眼鏡男是詩雅的高中同學，她問他：「怎麼少了一個？」

眼鏡男說有一個室友家裡臨時有事，但那位室友已找他的高中同學來參加，那位高中同學正在趕來的途中。

大家各自叫了喝的東西。眼鏡男看來也是聯誼高手，為了避免冷場說：「那我們先自我介紹吧。」

眼鏡男雖然鏡片厚，但是斯文有禮，總是笑容滿面，給人印象不錯。

第二個型男身形高，話不多，自我介紹很簡短，也是帥哥一枚。

第三個花美男瘦瘦的，很像偶像團體的一員，應該是少女會迷戀的那一型。

三個男生都是唸理工的同班同學，純就外型而論，難怪詩雅會比ＯＫ的手勢。

然後換我們女生。我觀察男生們的表情，在詩雅、曉雨與我自我介紹時，好像都流露出欣喜或滿意的反應。例外的是芫媛，三個男生看到她時已經提心吊膽了，當她說出自己的興趣是「逛街、看書、種花」時，他們先是鬆了口氣，結果她自己又補充說明：「我最喜歡逛美食街、看介紹寢具的書，和種爆米花」，還自以為幽默地放聲狂笑，害他們眼歪嘴斜、瞳孔放大，驚駭到不行。我們三個則是額上浮現三十條線，臉色鐵青。

詩雅不愧是經驗豐富，趕緊陪笑：「芫媛的個性很開朗、很好相處的。」

這時一個身影出現在眼前：「對不起，臨時才通知我的，我遲到了。」

我抬頭，呼吸瞬間停止，心臟剎時被人用鼓槌狂敲。

曉雨的腳在桌下馬上碰踢我的腳，給我一個「怎麼是他」的眼色。

眼前的男生，是……

擦擦。

瞳眸清亮，鼻樑勻挺，唇彎優雅，有弧度的直髮側掩部分的額頭……

再次確認，沒錯，就是讓我朝思暮想的人。

怎麼這樣！我是為了忘記他才參加這次聯誼的，他卻出現在眼前……

上帝是跟我開玩笑嗎？

還是，這就是小天使所說的，若是有緣，一定會相遇……

他在我正對面的位置坐下，眼鏡男趕忙說：「他就是沒來的那位室友的高中同學啦，他叫文曲，文章的文，樂曲的曲，啊，他跟妳們是同校呢。」

「我是法律系一年級的文曲。」他靦腆地向我們點頭。

「好特別的名字。」詩雅見沒人接腔，趕緊接道：「唸法律呀？那興趣是什麼，該不會是打官司吧？呵呵呵。」

「興趣？對很多事都有興趣。」他笑笑說，小虎牙在唇間跳躍，在我心房擂的鼓馬上又加了幾小拍。

詩雅很快地為他介紹我們，他對每位女孩子都保持笑容，點頭說：「很高興認識妳」，連芫媛狂放地笑道：「嗨，我是芫媛，人如其名的圓，興趣是大吃、狂睡、看電視，啊哈哈哈哈哈！」，他也覺得很有趣似的，笑得很開心。

但是當詩雅最後介紹到我：「她叫江竹鈴，水工江，竹子的竹，風鈴的鈴。我們班公認的班花唷」，他的笑容不知為何卻驟然僵住，看著我的眼神有幾秒的閃爍迴避。

是怎樣？怎麼這種反應？難道覺得我像恐龍妹嗎？是認為我比芫媛還胖嗎？還是還是，想起我是他被蘋果吻時的目擊證人，覺得心虛？

千萬個念頭在翻攪，愈想心情愈複雜。他明明有韋蘋了，幹嘛還來參加聯誼，難道他也是那種用情不專的傢伙……

旁邊的人應該沒發現我和他之間有古怪。詩雅接著宣布開始進行配對抽籤，她拿出紅、白、藍、綠四支顏色的吸管，要男生們抽。

綠色是曉雨，她先被花美男抽中。

事先我問曉雨，不是與子謙復合了，還想來參加嗎？曉雨笑一笑，嘛起嘴說：「多一點選擇也不錯呀」、「就讓他緊張一下嘛」，看來上次的事，她體悟到了些什麼。

接著換型男哥抽，他抽白色。我們事先約定白色是芫媛。當他聽到這個幸運的宣布時，眉角不自覺抽搐了一下，應該是很用力撐著在接受這個宿命的安排。

剩下藍色和紅色。眼鏡男要文曲先抽，文曲推說他抽中誰都可以，而且他是代替別人來的，所以要讓眼鏡男先。

內心一直祈禱抽中藍色，因為我是藍色。蛤？嘍假了？好啦好啦，我承認內心雖然如此祈禱，但潛意識裡還是希望他抽中紅色。

眼鏡男的手伸向……

紅色！

耶！萬歲！青天高高、白雲飄飄，太陽當空在微笑，枝頭小鳥，吱吱在叫，魚兒水面任跳躍！耳邊不知為何出現快樂頌的歌詞。

「喔，大會規定，為增加機會，主辦人與主辦人原本是舊識，所以彼此抽中不算，必須重抽。因為我是紅色。」詩雅說。

啊？不算？那重抽的結果……眼鏡男當然改拿藍色了。

可惡，幹嘛讓眼鏡男先抽呀，客氣個什麼啦，討厭……

就算文曲先抽，也未必直接拿藍色，但我還是對這樣的逆轉無法釋懷。

前往淡水的去程是搭捷運，說是方便一對一交談。一路上眼鏡男很健談，也很努力講著笑話。我逼自己很用心聽著，而且在適當時發出笑聲回應，視線卻經常不自覺瞟向斜前座的文曲和詩雅。

詩雅的人緣很好，身材很好，很會化粧，很擅於與人交談，對男生很了解，最可怕的是，她對於想要的東西很有企圖心……

反觀自己，一張素顏，一身樸素打扮，剛剛又沒有機會互動，而且室友們說我最近老是臭著一張臉，連小天使也這麼說……看來，擦擦會被詩雅搶走了。

「妳說呢？」

「嗯？什麼？」我回過神，望向眼鏡男。

「我…不是妳喜歡的類型吧？」他發現我沒在認真聽，臉上寫著失望。

「哦，不是，啊，我、我的意思是，不要誤會，其實……」其實我真的沒有用心聽你說了什麼，真是糗大；「其實是在想，像你這麼優秀的人，為什麼還要來參加聯誼，因為，你應該有女朋友了吧。」

「沒、沒有，我真的沒有女友啦。」他抓抓後腦，害羞起來。還好急中生智，才不致讓他受傷。

到了淡水，我們步行到一家出租店，租了四輛自行車。

「好，到了第二次配對的時間了。」出發前，詩雅以召集人的身分說。眼鏡男請我們女生轉過身，然後叫男生從身上各拿出一樣代表自己的東西，放進他準備好的紙袋裡。

猜拳的結果，這回芫媛先抽。她抽到一隻手機。乾瘦的花美男馬上被型男和眼鏡男推出列，當場臉垮嘴歪。

曉雨第二，從紙袋裡抽出一隻鑰匙。眼鏡男臉上喜孜孜的。

詩雅從紙袋裡拿出一個外國小童的公仔——啊！那是文曲背包上的吊飾！我眼睜睜地望著小童被緊握在詩雅的手中，胸口被錯過的懊惱揪緊著，無力又無奈。嗚……小童！小童！怎麼不在紙袋裡躲好，等竹鈴姊姊的手呢……

不知為何，竟開始氣自己連猜拳都這麼笨。

我不必抽就得到的車伴是型男哥。

在自行車的後座，只聽到他一路上斷續地說著什麼，伴著風聲，根本聽不清楚，也聽不進去，因為我的聽力被視線的感受遮蔽了。

我的視線直盯著詩雅，她從後環抱著文曲的腰，臉整個貼在他背上……

第二次聽到自己的心裡，傳來很像什麼東西崩裂的聲音。

「妳好像很文靜？」在逛淡水老街時，型男哥這麼問我。

「啊？」我從嚴重失落的迷惘中醒過來；「哦，吹了些風，有點不舒服。」

他立刻體貼地把身上的外套脫下來往我身上罩過來，我還來不及拒絕，已經被詩雅和文曲看到。詩雅還露出曖昧的笑：「哇，好幸福唷。」

文曲則閃過眼神，裝沒看見。

可惡，怎麼會這樣……

這不是我想要的結果！

午餐是在老街的小吃店裏解決。芫媛看我們三個都只點了一盤蚵仔煎和魚丸湯，也許是想維持形象，一反常態也點相同的東西。文曲見狀，溫柔地對她說：「妳只吃這樣嗎？不要客氣喲，今天我請客。」

「啊？那我不客氣了，呵呵。」

所有的人見老闆陸續端上來的魷魚羹、阿給、炒麵、蝦捲和豆花，全堆放在芫媛面前，全都面露錯愕，發出驚嘆。只有文曲還是維持原有的溫柔笑容：「這才是原來的妳，對吧？」

「呵呵，想不到你沒抽中我，竟然這麼了解我，有在偷偷注意我吧？」芫媛笑嘻嘻地夾起一大塊阿給塞進嘴。

文曲彷彿覺得她很有趣，眼睛笑成一條彎橋。他顯然沒有因為芫媛的身材而心存成見，反而自然自若。

見他笑了，在座所有的人也都拋開陌生的拘謹，大方談笑起來。

短短半小時的用餐時間，我發現他是個很會照顧別人的人。

他會注意每個人，主動與落單的人攀談，也會主動為大家添飲料、拿面紙。

他發現花美男因騎車載芫媛而累得滿頭大汗，沒什麼胃口，還主動到隔壁的店買了一杯酸梅湯給他，甚至徵得詩雅的同意，表示願意和花美男交換車伴，在後來的旅程裡換他載芫媛。

奇怪的是，他總是在與我的目光交錯時，有意無意地迴避我。

下午的行程，往海邊出發。

就在海風於耳邊呼嘯之際，身後傳來一陣驚心動魄的尖叫聲和摔車聲。

我們騎在前面的三輛立即剎車，大家不約而同回頭……

芫媛龐大的身軀整個大字型地趴在地上！

不對，她是趴在文曲身上！他的背上被她壓住、下面還墊著翻覆的自行車。

我們衝過去。我趕緊把芫媛扶坐起來，她披頭散髮，下半身飄逸的長裙不見了，大內褲整個曝光，讓每個人都看傻眼！

原來她的長裙整個被捲進腳踏車後輪裏，才造成摔車的意外。

出發前在宿舍換裝時就曾提醒她，她卻堅持穿長裙，認為長裙與長髮飄啊飄的，這樣才飄逸。

想不到變成現在這個樣子：像阿飄！

芫媛回過神來，發現自己糗爆的醜態，驚慌尖叫，抱住自己的雙腿蜷縮在路邊。其他三個男生全都掩嘴偷笑，還有人拍胸慶幸不是自己載到她。

我對他們的好感度頓時降到谷底。

「對不起！對不起！」苦主文曲爬起來，還連聲道歉，不顧自己身上的疼痛，趕緊把身上的外套脫下來蓋住芫媛的下半身。曉雨和詩雅也幫忙，把外套綁在她腰際，但是這樣遮前不遮後，我也脫下外套讓她遮住屁股。

「啊！你流血了！」我忽然看到文曲的左手臂上有一大片挫傷，皮膚都被擦破了，浮出可怕的血痕；「你的額頭也是！」

眼鏡男騎回鎮上找西藥房，型男和花美男則想辦法把卡在車輪裏的裙布拉出來。文曲沒管自己的傷，猛問芫媛是否有受傷。詩雅沒好氣道：「她把你當肉墊，毫髮無傷啦！早就叫她不要穿長裙了，不聽！白目！」

芫媛低著頭，不敢接腔。

我從包包裏拿出手帕按住文曲的額頭，血已經往他眼睛裏流了。

那條藍白相間，有橘子味道的手帕，我始終放在包包的夾層。看著他的傷，有莫名的不捨與心疼，當下拿出這條充滿回憶的手帕為他止血。

文曲竟還在自言自語，責怪自己沒騎好才讓大家擔心的，又一再向芫媛道歉，真是善良到讓人生氣。

眼鏡男很快帶回雙氧水、黃藥水和紗布、膠帶，我就在路邊的樹下幫他作簡單的傷口處理。曉雨也騎回鎮上，為芫媛買來一條大尺碼的長褲。

在文曲的堅持下，大家決定繼續未完成的行程。

「可是他騎的車我不敢再坐了。」芫媛竟然冒出這句，害文曲又是滿臉愧疚。

我已經忍不住了：「還嫌人家？那我跟妳換！」

我原先的車伴型男哥聽了，看著芫媛面露驚惶，唯恐自己成為下一個被壓的受害者。

「這個時候，不正是發揮同學愛的時候嗎？只要是有血性的男兒，應該都會拋棄所有世俗的成見，體會人溺己溺的精神，勇敢的擔起濟弱扶傾的重任，才能在女生面前展現最佳的紳士風，不是嗎？」我望著型男哥，對他曉以大義，加上詩雅也點點頭附和，他才勉強接受。

這樣才對，我最喜歡這種伸張正義的感覺，好像自己就是俠女一般，為了世人、為了同學、為了——咳、咳、咳！唉呦，怎麼會被自己的口水嗆到。

什麼，活該？好嘛好嘛，為了人家早就想被文曲載，可以了吧。

第十六話

「你的手真的沒事了嗎？」
「嗯，妳看，我不是騎得很好嗎。」
風很大，但他真的騎得很穩，可能是餘悸猶在，所以他騎得很慢。
我這才放下心中的掛憂。
「你真的不要自責，錯不在你，芫媛本來就不該穿長裙來騎車的。」
「是我沒注意，不是她的錯。」
「她平常很好相處，只是有時很任性而已。」
「應該是率性，不拘小節啦。」
「你平常也是這樣嗎？」
「怎樣？」
「只會替別人著想？」
「還、還好吧。」他不知怎麼接。我忽然想起，這是我第一次正式跟擦擦交談，但是我們談的卻是芫媛和摔車，真是荒謬好笑。不過，這樣也許是上帝的安排，陌生的藩籬無意間就不見了，也解決了我不知如何開口找話題的苦惱。

海風中摻著橘子的味道，他果然是擦擦。

擦擦的名字叫文曲。我一直很想認識的男生。

我不自覺往他身上靠近，弓起的背像座穩固的山，讓人想依偎上去，躲避前方吹來的海風。

我抓著座架的雙手也有往他腰際伸出的衝動……原來，這時我的感覺和先前被他載的詩雅一樣，只是我不敢真的攬住他的腰。

擦擦居然這麼近……

第一次，有了自己很幸福的感覺。

原來這種感覺就是幸福。

回程的捷運上，我順理成章坐在他身邊。

「你的傷口還疼不疼？」還是我先開口。

「不疼了。妳包紮的很好，謝謝。」

「聽說你喜歡素描？」

「是啊。」他微笑。

「而且很喜歡畫櫻樹上的小鳥。」

他歪著頭，蹙著眉：「我有告訴過誰嗎？不然妳怎麼會知道？」

「只是聽說嘛。」換我微笑。「喂，我問你唷。」

「嗯。」

「我是不是很醜啊？」

「啊？不會呀。」

「那你是不是很怕我？」

「沒有呀。怎麼這麼問？」他看著窗外的眼神終於轉向我了。

「我覺得你好像很怕我。」望著他的眼眸，心跳好快。

「不會啦，妳們四個都很可愛，怎麼會怕呢。」

「我們是不是曾經在哪裏見過呀？」沈默半晌，終於，我鼓起勇氣試著問。

「啊？」他又把眼神移開。「唔，也許吧，我們同校，不是嗎？」

當然不是只有這樣！在我傷心的時候，你曾意外出現安慰我，我剛剛為你止血的手帕就是你安慰我的證據呀，你怎麼忘了？還有還有，你曾經看著筆記簿上我所留的字，笑出了春天的溫暖，不是嗎？

「意思是，也許我們曾擦肩而過，但不相識，所以我才有這種感覺？」

「也許吧。」

他忽然安靜下來，不太想接話的樣子，是想到了什麼嗎，跟剛才在吃午飯和騎車時的態度，有明顯的不同。

是他不喜歡我這型的嗎……

先前的親切只是為了製造氣氛嗎……

還是，他想起了韋蘋，覺得對不起自己的女友……

問了「是不是曾經在哪裏見過」這個問題之後，他的態度就出現了不同，但原因是什麼，我不敢再問下去。

也許，我對於他，真的只有偶遇的美好、認識的期待而已，其他的呢……

而他對於我，是否只是聯誼中遇到的一位社福系女孩而已……

冷靜一想，我們之間，好像真的只有這樣。

剩下的歸程，只剩我靜靜地偷望著他的側臉。

併肩坐著，如此靠近的凝望，直到捷運到站。

返回學校的公車上，曉雨坐在我身旁。

「怎麼樣?妳和他相認了吧?」她好奇得很，低聲問。

我搖搖頭：「他好像完全不記得我了。」

「妳沒給他什麼提示?」

我把看到他和韋蘋的事告訴她，她有點生氣：「那他還背著女友來參加聯誼?」

「妳不是也背著子謙來參加?」

「人家還沒有正式答應跟他和好啊。」她嘟著嘴回道，卻因此想到什麼：「竹，妳說是看到那個什麼蘋果跑上前去吻他，那他呢，有沒有回吻呀?」

「蛤?」我怔住，努力回想，「他……就傻傻站在那。」

「然後呢?」

「就轉身走了。」

「搞不好他並不喜歡她唷。」

「不喜歡?那怎麼會讓她吻啊?妳不喜歡子謙，會讓他牽妳的手?」

「我意思是，他也許並沒有把她當女友，但是她已經認為自己是女友了。」

「怎麼會這樣?」

「妳不覺得文曲對每個人都很好嗎?」

「嗯，我也覺得。可是，這只是妳的猜測吧。」

「是我的猜測，但妳可去求證呀。」

「她的死黨都已經親口跟我說她是他的女友了，我又親眼看到他們在聊天散步，還有她吻他的情形，還要求證什麼……」

「所以妳選擇放棄？」

「難道要當別人的小三嗎？」

「不要因為誤會而錯過喔。」

真的是誤會嗎？我原先的確信開始動搖，想不出有誤會的道理，因而陷入迷思。晚上睡前上網，我敲小天使，把這個難題丟給最有智慧的她：「天使在嗎？」

「在。正準備睡了。」

「天使也要睡覺啊？我還以為在天堂都不會累。」

「妳用的網路可以直通天堂啊？」

「我又有困惑想問。」

「嗯。」

「如何確認一個心儀的男生，到底有沒有正在交往中的女友？」

「確認的方法有快慢。想要快一點知道，就直接問他。」

「他會誠實告知嗎？」

「我相信妳喜歡的是一個誠實的人。」

「慢的呢？」

「就是暗中觀察囉。」

「如果暗中觀察的結果，發現已經有另外一個女孩喜歡他，如何確定他是否也喜歡那個女孩？」

「判斷事實的根據為何？」

「他們曾一起喝咖啡、聊天、散步，他送她回宿舍。」

「只有這樣？」

「那個女孩還主動吻了他的頰。」

小天使沒回應，也許是在等我提供更多的訊息。所以我又打字：

「但是那個男生只是傻傻站著，然後漲紅著臉，轉身離開。」

我望著游標許久，小天使還是沒給回應。

「這樣可以確定他們是男女朋友嗎？」

又等了兩分鐘，仍然沒回應。「小天使睡著了喔？」

「哈囉，有人在嗎？」

「當機了嗎？」

「睡死了嗎？」

沒離線，也沒回應？這還是第一次發生小天使沒回應的情形。

我只能推測她太累，睡著了，只好再傳「那祝好夢囉」，就離線了。

第二天，我傳簡訊給小天使：昨天我的問題還沒回答我喲？

下午檢視手機，沒有覆訊。

我又傳簡訊：哈囉，小主人呼叫小天使，小天使在嗎？看到請回話。

之後又傳：小天使，妳不要小主人了嗎？

但是等了一天，居然還是沒有任何回訊。

晚上睡前又上線敲她，她也不在ＭＳＮ上。

第三天、第四天也一樣，小天使回天堂度假了嗎？

一個禮拜過去了，ＭＳＮ上我的留言一堆，她一次也沒有回應。

心中的納悶愈累積愈好奇，到底發生什麼事，怎麼不理人了。

其實，只要我不堅持自己的原則，直接用手機撥通電話，就可問清楚了。只是，要打破自己的原則嗎……

小天使應該是發生了什麼事吧。她都可以為了關心我，不顧被孫老師扣分，毫不猶豫傳簡訊和告訴我帳號，而我還在這裏猶豫自己的原則？

自己在最寂寞、最無助的時候，是她始終注意著我、給我鼓勵、聽我訴苦，我有時在想，她比曉雨都還關心我。

雖然我不知道，也很想知道小天使是如何知道我的心情。若問世上最瞭解我、最能體會我的人是誰，我的小天使一定要排第一。

尤其是那晚滿天星空帶來的心情，我永遠都不會忘記。

想起小天使對我的好，如果她是因為發生了什麼事而沒能回電，我卻還在為所謂的原則鑽牛角尖，那未免太沒人性了。

這天吃完晚餐後，我在寢室左思右想，終於忍不住問曉雨和詩雅，誰是這個星期都請假、或都蹺課沒來的？

「都請假？不知道耶，我自己都蹺了兩堂課。」

「但是有一個人可以確定是整個星期都蹺課的，那就是秦勝華囉。」

「他蹺課可不是兩三天的事了。」

「還有誰蹺課，可能要問班代張淑卿吧，跟主竹一樣她幾乎都是全勤。」

「如果老師沒點名，她也未必注意到誰沒來吧。」

曉雨和詩雅討論起來。唉，也不能用這樣來判斷小天使是誰。那，撥電話直接問吧，她不是說這是最快的確認方法嗎。我思考再三，終於下定決心，按下通話鍵……

——**轉接語音信箱，嘟一聲後開始計費，如不留言請掛斷，快速留言嘟聲後請按井字鍵。**

結果竟是沒開機。

詩雅見我悶悶不樂，湊過來說：「固執鈴，想要小天使回應呀？這很簡單。」

「妳有辦法？」

「妳只要假裝一下，她一定會現身的啦。」

「假裝？」

她搶過我的手機，手指來來回回按了一會兒，遞給我：「喏，這樣。」

手機螢幕上顯示的簡訊是：**小天使，我快死了，快來救我！**

「這是騙人，才不要。」我馬上刪除它。

「我心理學的期末報告都已經快寫完了，妳卻連自己的小天使是誰都不知道，看妳怎麼寫。」她扁扁嘴，不以為然地說。「明明就很會，幹嘛裝清高呀。」

「老師要我們從自己關心別人和被人照顧的經驗，來印證心理學上同理、關愛和感受間的關係，為免受外在印象的誤導，所以禁止事先知道小天使的身分。不知道小天使是誰還是能完成報告的。」

「那妳幹嘛急著知道小天使是誰？」

「是她忽然失去聯絡了，我擔心出了什麼事。」

「沒聽說班上有人生病或死掉。」

這隻壞嘴鴨。我給她一個白眼。

曉雨就比較貼心：「也許她也正忙著趕報告，沒時間回妳的訊息。」

「或是正和男友抱在一起，哪有空理妳？」詩雅又射來一箭；「學期快結束了，也該Game Over了，畢竟只是一場遊戲而已，幹嘛這麼認真？」

「我是很認真的喲，我不認為這只是一場遊戲。」我提高音調抗議。

「以為對方真的是天使嗎？拜託，搞不好也只是個假掰鬼。」詩雅低著頭看她的電腦咕噥道。若是平時，我會當作沒聽到，但當下我的心情已經不好，又聽到她亂罵小天使，無名怒火突然燒起：「說什麼？妳針對我就好，誰准妳批評我的小天使？」

她嚇了一跳，但隨即臭著一張臉：「是我針對妳，還是妳針對我？」

「我什麼時候針對妳？」

她起身，手插腰，聲調變尖了：「妳敢說沒有？」

「我只是問妳知不知道這禮拜誰請假或蹺課而已，針對妳什麼了？」

「還在假？那我問妳，為什麼妳明知我欣賞秦勝華，卻偏偏和他去星巴克喝咖啡，還和他拍親密照？」

「冤枉啊，我說過了，是他先來纏著我的，我是後來才知道妳喜歡他！我還巴不得妳趕快跟他抱在一起咧，啊，對了，舞會時我不是製造機會給妳了嗎？」

「那是為了製造妳自己照顧好姊妹的形象吧。」

「為什麼妳要這麼想？」

「妳管我怎麼想！」

曉雨見我們聲音愈來愈高，趕緊打圓場：「有話好好說、好好說。」然後她把我拉到一邊：「她後來有向秦勝華表白，被他拒絕了，他說愈追不到的他愈喜歡，主動送上門的他不要。」

想不到還有這麼一段插曲，可惡的死秦怪，踐個屁。我態度立刻軟化，低聲下氣道：「詩雅，對不起啦，我不知道妳被他拒絕的事……」

「本小姐才不稀罕。」

「既然這樣，妳還認為我針對妳什麼啊……」

「那妳明明知道我對文曲有好感，為什麼還要搶？」她瞪著我：「妳不要說妳也是後來才知道的吧？我主動攬著他的腰時，妳有看到的。」

我無言以對，因為我是真的喜歡文曲。可是，要論先後的話……

「不是啦，應該是主竹……」知道內情的曉雨想幫我辯白，被我使眼色制止。

「他先抽到我的，不是嗎？」

「聯誼而已，不必太認真吧，反正我也沒抱他的腰，妳也看見的。放心吧，我不會跟妳搶他的。」這樣也好，反正文曲已經有蘋果了，如果妳想當小三搶得到的話。我自暴自棄這樣想，心裏忽然一陣酸楚。「可是，這些事根本與我的小天使無關，我還是不准妳批評她，也不准說她對我的關心只是一場遊戲！」

「好好好，這是一項心理實驗、一個成長活動、一次學習的經驗，可以了吧？不管是什麼，總有結束的時候，不能否認吧？」詩雅冷冷地回應，坐回電腦前。

結束的時候到了？

就這樣結束了？連一句再見也不想說，就結束了？

若問怕不怕被拒絕？怕不怕被省略？怕不怕被冷落在宿命中妥協？

我很怕。

自從參加淡水的聯誼回來，我就不敢再去圖書館。不敢想像再遇見他，是否自己還能維持理智，不知自己的感情是否會失控，怕自己會把道德和原則放在一邊，任性地表白，妄為地做一個小三。重重的失落感，已經夠鬱悶了，現在連最知心的小天使也失去了，真的要被冷落在宿命中妥協了……

曉雨把我拉到寢室外，小心卻激動地說：「妳幹嘛？竟然把文曲讓給詩雅？」

「人家就已經有女友了，我不想破壞人家的幸福。」

「那也不用表示讓給她呀。」

「他又不是我的男友，不能說讓啦。詩雅能從蘋果手中搶到的話，算她厲害了，與我無關。」

「妳喜歡他很久了，不是嗎？」

「那又怎樣，總不能把別人的男友據為己有吧。這種事我做不出來。」我的聲音愈來愈低，想到只能在宿命中妥協，淚水已經在眼眶裡打轉了；「只能說無緣了。」

暗戀像小孩子嚼檸檬，原本被它的香氣、色澤吸引，以為又香又甜，切片放進嘴裏，才發現又苦又酸澀。

也許因此才開始學會要放糖、要放多少的糖。

原來暗戀就是自找苦吃。

寢室的房門倏忽被打開，詩雅探出頭來：「固執鈴，跩屁秦出事了。」

站在走廊上的曉雨和我互望一眼，我說：「秦勝華？他出事是他家的事。」

「跟妳有關，算不算是妳家也有事？」

我和曉雨進寢室。詩雅指著電腦要我們看。

哇哩咧！這是什麼情形！

「這是男生宿舍前，有人用手機拍攝再上傳網路的實況轉播畫面。」

「那個人、那個人真的是秦勝華！」曉雨失聲叫道。

果然是他！坐在天台的矮牆上，兩條腿晃呀晃的，身體搖來搖去。

鏡頭有時移往宿舍門口，圍觀的人黑壓壓一片，每個人都抬起頭在看他。

「不知在搞什麼，想出名呀？」我咕噥道。

詩雅把音量調到最大，現場一位教官仰著頭對他喊：「別做傻事呀！太危險了！」

我和曉雨這才搞清楚發生何事，同時尖叫出聲：「他要跳樓啊！」

「哼，他剛剛說除非江竹鈴來看他，否則他就要往下跳。」詩雅冷笑道。

「我去看他？」我驚聲叫出，腦袋一片空白；「我又不是他媽！幹嘛臨死要見我最後一面啊？」

詩雅聳聳肩，兩手一攤，表示她也不解。

走廊上傳來一陣騷動，看來這事已經在校園裡造成轟動了。

房門被碰地推開，芫媛站在門口，面色驚慌地說：「竹鈴，輔導室的老師找妳！」

第十七話

我被輔導老師拉著往大倫館衝，腦袋還是一片空白。

我們氣喘如牛抵達時，圍觀的人好像比剛才更多了。老師撥開人群把我拉到前面，告訴教官我就是天台上那個人說要見的人。

「同學！不要衝動，你要見的人已經來了。」教官抬頭對上面喊道。

圍觀的人全都轉頭望我，有人出聲：「原來女主角就是她⋯⋯」

好丟臉！趣屁秦到底發什麼神經⋯⋯

秦勝華聞聲往下看：「小鈴，妳終於肯見我了？」

終於肯見？是不得不見吧，我身不由己耶。

「江同學，妳趕快跟他講講話。」輔導老師要求道。

「呃，我要講什麼⋯⋯？」

「勸他想開一點之類的都可以呀。」

「哦。那⋯⋯」我手圈成擴音器形靠在嘴邊，「喂，秦勝華，快下來啦！」

旁邊有人驚呼：「妳應該是叫他不要跳下來才對吧！」

「蛤？哦，不是，秦勝華，你不要跳下來啊。你到底在幹嘛啦？」為什麼我要在這裡做這種事。

「我難過呀，因為妳都不理我，簡訊也不回，老是躲著我。為什麼？」

因為我討厭你這種自大、自以為是的臭男生。

「好痴情喲。」、「會不會是女生劈腿？」身後的人群傳來竊語聲。

他痴情？這是哪個白痴的想法？我劈腿？我若劈腿就讓雷公劈死好了。我覺得坐在上面的人應該是我才對吧。

「為什麼妳不理他，妳說呀？」觀眾等得不耐煩，竟然有人要求道。

「我、我，因為，」違背良心的話，我可說不出，這實在太違我的原則了，所以：「因為我不喜歡你，要我怎麼回你簡訊！」

一陣冷風吹來，現場頓時鴉雀無聲。

五秒後，天台上傳來一陣哀嚎：「不喜歡？哇！不要拉我！」

他身後有兩個身影企圖拉住他，與他一陣拉扯，被他吼回去。

現場圍觀的人一陣驚呼，「幹嘛刺激他」、「連安慰的話都不會說」、「枉他這麼愛妳」之類指責的話沓至紛來，輔導老師連忙拉拉我的手：「妳再不喜歡他也要裝一下啊，難道妳不怕他真的跳下來？」

「不是啦，我是說我太喜歡你了，不知如何回應你對我的愛，所以只好選擇逃避。」

「是嗎？可是妳剛剛不是這樣說的。」

「是啦，我剛剛是這樣說的。是你自己爬那麼高，風又這麼大，我們距離這麼遠，我說的話有些字被風吹歪了，所以你聽錯了。」

「沒錯，我一直在想，妳總是躲避我，為什麼我們的距離總是這麼遠……」

「不遠不遠，我現在就帶她上去看你，你先冷靜下來。」教官怕他胡思亂想，對他喊道，然後轉向我們：「老師，江同學，我們上頂樓去勸他。」

想不到我第一次進男生宿舍，竟然是在這種情形之下。

我們一口氣衝上天台，我的小腿痠得像被捕獸夾咬住般難過。

在教官和輔導老師的勸說之下，他終於從矮牆上下來。旁邊拉他的兩位男生也鬆了口氣。

他一見到我，臉上的愁苦就不見了，很興奮地跑向我，拉起我的手：「小鈴，妳終於肯見我了。」

我把手抽回。「你別鬧了！害教官和老師這麼緊張。」

教官和老師一頓訓斥與開導，他低著頭頻頻稱是。不過我不認為他有在聽。

「沒事就好，下次不要為了一點小事就想不開。」教官欣慰地說，「男子漢大丈夫，只要多讓著女朋友一點，她就不會不理你。」

「教官你誤會了，我不是他女友！」

「是不是都沒關係，最重要的就是沒事。」

什麼沒關係？這誤會大了。我急著要解釋，身邊的輔導老師推推我的手臂，使個眼色，那意思是：別再刺激他了，萬一他想不開又往矮牆上坐，妳要不要負責？

所以我硬生生把到嘴的話又吞回去了。

「好了，沒事就好了，你不是說有話想跟她說嗎？下樓去再說好嗎？」老師唯恐我與他會起言語衝突，企圖把他誘離險境。

「小鈴，我有話跟妳說，可以跟我去一個地方嗎？」

跟你去是不是就承認是你的女友啊？我不要。

但在教官和老師銳利眼神警告：他萬一又想不開，有個三長兩短，妳要受良心譴責一輩子嗎之下，我不得不點頭。

我們下樓，步出大倫館，圍觀的人群響起一陣掌聲。不祥的感覺忽然又籠罩我心頭：要用多濃的漂白水，才能洗清我是他女友的誤會……

我坐上他的進口跑車，他說要去擎天崗。

車子在黑夜中往陽明山的更深處駛去。

「你到底帶我去擎天崗幹嘛？有什麼話現在就可以說了吧。」

「到了妳就知道了。」

他的嘴角浮現一絲詭異的笑，剛剛鬧著要死要活的激動完全煙消雲散。

「你……」我驚覺有異，大叫：「你騙我！你剛才吵著要跳樓是假的！」

他笑而不語。

「你到底在搞什麼啦？」

車子抵達擎天崗，他熄火：「下車就知道囉。」

我只好跟著他下車，往草原方向走。四下一片漆黑，山風讓人起冷顫，我不禁拉攏了外套的衣襟。

眼前出現一團閃爍的光影。我跟著他走近……那是火光，那景象，讓我目瞪口呆。在草原的中央，一顆心，中間是我的名字，全部都是用蠟燭排成，搖曳的燭光，映著他的臉，他不知從哪裏拿出一束玫瑰，笑嘻嘻說：「小鈴，生日快樂。」

那一瞬間，我真的有被感動到。

這要花多少時間，要如何控制火光不會被風吹熄，還要計算好時間，當我們來的時候蠟燭沒被燒完……這樣的安排，如此的用心。

如果我真的是他的女友，一定會感動到掉下淚來，馬上投入他溫暖的懷抱。

可惜有兩件事，讓我又瞬間從感動中清醒。

第一可惜是，我不是他女友。因為他是個帥哥，而且是個臭屁自大的跩帥哥，我是不可能成為這樣男生的女友。

第二可惜是，我的生日不是今天，他記到誰的生日去了？

最重要是，他的手機響了。

他接起來：「喂，小基，不是叫你沒事不要打來嗎？」

可憐的小基，應該是他店裡的員工吧，這麼冷的天在這山上的大草原吹風點蠟燭，得守著不讓它被風吹熄，見到老闆出現還得趕緊躲起來把苦勞讓給老闆當把妹的功勞。

「什麼，她來了……」

他話還沒說完，眼前兩道機車車燈的光線直射我們而來。

四個女生分騎兩輛機車停在面前。她們脫下安全帽，用極為銳利的眼光瞪著我們，臉上還滿是興奮與忿怒，真像到汽車旅館抓猴時的表情。

我會有這種感覺，因為其中一人是A女。

對對對，就是那個自己跑來跟我講她跟她學長的故事，感情受挫的婦女。

她手插腰，怒不可抑，聲音高亢道：「你們可浪漫了唷。秦勝華，你今天給我說清楚。」

「哈，誤會啦，她是我室友郭倍的女友，我們今天來為她慶生。」他對著還沒掛斷的手機罵道：「喂，郭倍，你不是說去小便嗎，死哪去了，還不快回來，我女友已經來了，我不陪你們了。」

很好。小基變成郭倍了，我變成郭倍的女友了。

「妳怎麼說？妳不怕奶塌、掉髮、腰圍大，屁股像青蛙，一生孤寡，沒人可嫁？」嚇！我的毒誓她可記得一字不漏。

「我是被他騙來的，我不是他的女友、也不是郭倍的女友，還有今天也不是我生日，他搞錯了。」

「妳以為我會相信嗎？」

「我不在乎妳相不相信，因為這是他自己造的業，妳要算帳找他，跟我無關。」

我轉身就閃，一點也不想蹚進秦勝華的風流孽債。

「小鈴，妳就這樣走啦，等一下郭倍嘛，他尿完馬上回來載妳。」

「用什麼載？方圓幾公里內除了你的車，難道還有幽靈南瓜車來載我嗎？」我頭也不回；「還有，你不要再推給郭倍了，他會打噴嚏打到死的。」

身後傳來秦勝華被A女摑巴掌的清脆聲響，接著是A女憤怒的哭聲，和她的姊妹們指責他的聲音。我不想聽，只想迅速離開是非之地。

但是，從擎天崗要走回學校，還有好大一段路，而且，老天一點也不同情我，竟開始下起雨來。我加快腳步，但走的很害怕，因為這一帶入夜後的黑，幾乎形同沒有路燈。

雨愈下愈大，我被輔導老師從寢室裏匆忙拉出來的時候，哪想到會被帶來擎天崗，身上只有一件不足以禦寒的外套，就甭提雨具了。

註定要淋溼了。我在暗夜中獨行，身冷，心也冷。

想到自己孤獨不幸的歲月，連上了大學還要受盡誤解，臉上冰冷的雨水不禁一陣熱流，委屈的淚混著雨水泉湧。

手在外套口袋裏摸到手機。透過它，可以向上帝求救嗎……

小天使，可以來救我嗎？

不知為何，第一個想求救的對象竟是小天使。雖然不知道這簡訊傳過去是不是會獲得回應，但當下就是想找她。

就算她馬上要上來救我，恐怕也還要一段時間吧。

前方路燈較多的路段，好像任我如何加快步伐都還是很遠，而且山路有坡度，走太快又怕跌倒，真是不知所措。

溼透的背脊已經開始打冷顫了。

我邊走邊用手背抹去眼前的雨水，才能辨清路況。

明天的報紙地方版的一角，也許會出現女大生陳屍路邊的消息。

我不想這麼悲涼的死去。驀然，身後除了雨水打在樹葉上的嘩嘩聲外，傳來引擎的聲音；我的影子在眼前的路面也逐漸明顯起來。

是A女的機車嗎？她們會在超越我時回頭瞪我一眼，丟下一抹「死小三，活該有此下場」的鄙笑吧。

我的預感真準，機車果然超越了我，在左前方停下。

一陣暈眩，想必是屈辱傷心加上氣急攻心，內熱外冷交加的結果；胸口之難過，覺得自己快死掉了。

笑吧，妳們最好笑到下巴脫臼。

「妳為什麼會在這裏？」

為什麼？我命賤，任人糟蹋，所以在這裏，可以了吧。我低著頭繼續走，不想回應。

「雨愈來愈大，快上來，我載妳吧。」

載我去哪……

咦，這聲音是……

我全身發抖，是冰雨滲進細胞的冷顫，也是暖心帶出情緒的激動。

身體承受不住，我不禁在路邊蹲了下來，大口的喘氣。

他跑過來，脫下雨衣往我身上蓋，強而有力的臂膀一下子把我架起來，邊扶邊拖地帶我坐上後座。

「坐好了。」白色的背影像座山擋在眼前，我抹去睫毛、眼眶裡的水，雨衣上的雨帽終於讓視線暫時恢復。

機車往前衝。他白色的外套一下子就被雨水浸透了。

忽然速度又慢了下來，他回頭：「妳還好吧?請抱住我的背好嗎？」

瞳眸充滿擔憂與熱切，雨水順著額前的髮梢、眉毛、睫毛滑進，在路燈的熒闇中仍然綻出堅定的光，毫不眨眼。

我毫不猶豫攬住他的腰，把臉貼在他溼透的背脊上。

這樣他似乎比較放心了。他催油，機車劃開雨幕飛馳在往下的山路。

我閉上眼。記憶裡，這是生命中的第一次。

第一次，有這麼踏實的安全感。

透過溼透的外套，他的背脊硬如山脊，擋住前方的風雨，身體的溫度傳到臉頰、傳到心裏。

甚至可以感受到他熾熱的心跳，與自己心跳律動一致。

我抱得更緊，下意識裏唯恐這種感覺一下子就被上帝收回。

雨不冷了，心不冷了，髮尖到腳尖，開始熱起來。

機車衝進學校的停車棚，我們差點摔倒。

因為他撐著車身，讓我下車，但我的腿一軟，整個人跌坐在地上。

他趕緊扶起我，掀起雨帽的手碰觸到我的額：「唉呀，妳好燙啊。」

「沒關係，謝謝你。」努力使自己站穩，我擠出一點笑容；「還好遇到你。」

「去看醫生吧，有沒有人送妳？」

「不用了，洗個熱水澡睡一覺就好了。」我企圖把雨衣脫下還他。

「穿著吧，這裏到大慈館還是下著雨呀。」他阻止，露出小虎牙微笑道。

我失去視線前最後看到的就是他的笑容。

眼前一黑，只覺得天旋地轉，自己應該是醉了，被他有著小虎牙的笑容醉融了。

昏昏沈沈之間，好像還是坐在機車上，趴在他的背上，感受他的體溫與心跳。所以其實是根本還沒到學校嗎……

這樣最好了，最好地球就在這一刻停止轉動。

「要勇敢哦，快到了哦。」聲音溫和、圓柔。

半夢半醒之間，鼻腔裡好像又飄進他身上的橘子味，是因為夢到整個人都倚偎在他的懷裡嗎……怎麼會作這種夢，真羞……

還有那條藍白相間的手帕，輕柔地拭去臉上和髮上的雨水。

這樣最好了，最好世界上的秒針都不要再繞。

第十八話

深吸一口氣，眼前一片白色的光。

寧謐的空間。感覺輕飄飄的。

是到了天堂嗎……

背上長翅膀了嗎……

移動身軀，手臂上一陣刺痛。我低頭，發現痛處是來自一根軟管用膠帶連著手臂的部位。那是點滴。

「主竹，妳醒了？」曉雨出現在我的視線範圍裡。

不是在天堂，是在前往天堂前的車站之一：病房。

「我怎麼會在這裏？」

她把枕頭扶直，讓我可以坐起來，還端了一杯水給我。

「前天晚上，我們躺在床上聊天，討論秦勝華的事，都在猜到底他對妳是不是真心的。我們睡的時候都已經是一點了，還在奇怪妳是被秦勝華帶到哪去了，直到半夜三點多有人來敲寢室的門，說是宿舍門口有男生找我。我原先還以為是子謙，下去一看，竟然是文曲。」

「他全身溼透，說在擎天崗回來的路邊發現妳一個人，他載妳回來，妳卻發高燒昏倒了。」

「他只好趕快把妳載到山下掛急診。醫師說妳得了肺炎，幸好送醫得早。直到醫師說妳情況穩定一點，他才放心趕回來通知我們。」

「這兩天妳都迷迷糊糊，時燒時退的，我們好擔心，原本想通知妳阿嬤上來的。結果，文曲說，妳應該不會希望她來，叫我們不要驚動老人家。」

我喝一口水，精神恢復了些。「害妳們擔心，真不好意思。」

「喔，不要不好意思，妳以為是我和詩雅、芫媛輪流照顧妳呀？」她笑嘻嘻，眼神曖昧得很；「沒有耶，我們只是沒課、無聊時才來看妳，有個男生除了我們來他才回去休息，其他時間他都在這裏看著妳的喔。」

「什麼沒課、無聊才來，」我握住她的手，「妳們來看我，就很感動了。」

「喂，別岔開話題，妳知道我說的男生是誰。」

「妳說的不就是踧屁秦囉，人家這樣都是他害的，別期望我會感謝他。他來應該是抱著贖罪的心情吧。」

然後我把被踐屁秦騙去擎天崗的經過說了一遍。曉雨聽完也忿怒罵道：「爛人！我回去一定要告訴詩雅，讓她認清他的真面目。」

「嗯。」

「可是，他沒有來贖罪耶。」曉雨眼珠一轉，原本義憤的表情又轉回曖昧，「來照顧妳的可是文曲喲。」

「真……真的嗎……」

「妳和他很有緣喲？」

「也許吧。」忽然有焦糖的味道，緩緩滲入心房。

「他應該喜歡妳喲？」她瞇著眼睛瞧我。

「幹嘛這樣盯著我？妳不是說過，他對每個人都很好，所以今天他遇到淋雨的人如果是妳，也會載妳的吧。」臉頰上的細胞都被熱開了。

「喔，不會，人家會直接打電話給子謙就可以了，不像妳，孤伶伶小女子一個，當然需要擦擦騎士來救啦。呵呵呵。」

「什麼擦擦騎士，胡說什麼。哼，子謙、子謙，叫得那麼親密，三八。」

「妳才三八，呵呵呵。」

「臭曉雨，什麼時候變壞了。」

「妳才壞。」

我們兩個推來推去嘻鬧著，連進來要為我量體溫的護士都嚇了一跳：「唉唷，剛剛還昏睡不醒，現在可以說笑了。」

當天下午我就出院了。在回學校的公車上，我打開手機，發現信箱裏有幾十則簡訊。逐一閱讀，發現都是小天使祝福早日康復的留言。

關心自己的人都在身邊，認識的、不認識的、甚至不知道身分的。這樣想來，其實自己也很幸福哩。

「笑什麼？」

我把簡訊遞給曉雨看；「妳們是誰告訴她我生病的事？」

「跟誰說？根本不知她是誰。妳不是說她都不理妳嗎，看來還是很關心妳呀。」

「她真是神祕。啊！我心理學的期末報告還沒寫，回去要馬上開工了。」

我在閱覽室的門前踱步；握著小紙袋的手心因為太用力，已經微溼。

那個窗邊的位置，放著他的書和背包，所以他一定會出現。

我告訴自己，不論他是否有女友了，就算是普通朋友間，也該為那個大雨中的解救，為那三天躺在醫院裡受他的關照，說聲謝謝的。

畢竟，得人一尺還人一丈、受人一飯報人千金、投我以木桃，報之以瓊瑤、知恩不報枉為人，此報不關風與月、君乘車，我戴笠，他日相逢下車揖——咳咳咳、咳咳，哎喲，怎麼又被口水嗆到。

好嘛，我承認就是想趕快見到他嘛，讓人家假一下會怎樣……

他白色的身影出現在樓梯間，步伐依然穩重。

原本鎮定的心臟不知怎麼回事，又不聽控制怦怦亂敲。

他望見我，表情有些意外。

「嗨。」我藏在身後的手已經扭成麻花，僵硬的臉笑起來一定很矬。

「是妳。」他走過來，小虎牙露出來見我。

「嗯。是我。」我的腳忽然不知該放在哪裡似的，不知覺地變成內八。

「還好吧？聽詩雅她們說妳出院了。」

「哦，我已經沒事了……謝謝你。」

「不客氣，剛好路過嘛。」

他凝望著我，我的舌頭像被什麼東西綁著，說不出話；是怎麼回事，剛剛明明想了一大堆話題的。

他見我不作聲，又露出小虎牙：「妳是來這裏準備期末考？」

「不、不是，哦，是，是平常，不是——」到底是不是，自己在驚慌什麼呀。「我的意思是，我都是平常來，現在快期末考，人太多，就不來了。」

「跟我一樣，明天起我就在宿舍唸了。」

「我知道，你平常都很早來占位子。其實，平常沒什麼人，不用那麼早的。」

他搔搔後腦：「習慣了。」

「早起的鳥兒有蟲吃，你是早起的人兒有鳥畫。」

「第一次聽到人家這樣講。」他笑得更燦爛了；「妳好像知道我……」

「我知道，我知道你喜歡用有橘子味的洗衣精。」

還有還有，知道你每天在校園裡固定進出的路線，知道你愛去哪家麵店、知道你會和小黑打招呼、知道你會主動幫助不認識的人、知道你的手帕都是長什麼樣子……

「妳怎麼會知道的？」他收起笑容，用探索的目光認真打量我，透過我的瞳孔，想找到答案。

「因為……」他的臉這麼近，我的頸子以上被火燒般，差點停止呼吸；「你叫我抱著你的背，所以……有聞到。」

「原來如此。」他又笑了，拍拍自己額頭，在笑自己傻。

「喏，這個，送你，一點心意。謝謝你在醫院的照顧。」我想起手中的禮物。

「沒有啦，妳的室友照顧妳比較多。」他接過；「我只是想睡看看病房裡的家屬床，果然很硬很難睡。」

哪有這樣的理由，我噗哧笑出。聽曉雨說，我在醫院時，是他值大夜班的。

「這是什麼，可以打開嗎？」

我點點頭，他伸進紙袋取出盒子，像個收到聖誕禮物的孩子般期待的眼神，好可愛。

那是一個小天使的公仔吊飾，水晶做的，很精緻。

他打開盒子，臉上的表情卻頓時僵住。

那個在聯誼時閃爍迴避的眼神，又出現了。

「你不喜歡？」

「喔，不是，」他的眼神飄移，迴避我的目光；「妳在怪我嗎……」

我還沒理解他的意思，他的身後出現一個身影。

是拉袖女！

她跑過來，無視於我的存在，馬上拉住他的衣袖開始搖：「好了嗎？」

「啊，我知道了。別搖了。」他眼神示意要我等一下，轉身往閱覽室裡去。

拉袖女這才注意到我，向我點點頭。

他拿出一本筆記交給她：「還有大豬、小猴、老鷹、比目魚也要借，記得印一份給他們。印完記得馬上還我。」

「知道啦。」她高高興興接過，邊走邊跳地轉身離開。

「怎麼，你們班是動物園嗎？」

「是啊，大家都喜歡亂取外號。」他的眼笑成彎彎的橋。

「那你的外號是什麼動物？」

「呃，」他臉頰霎時紅成一片；「以後有機會再告訴妳。」

「喔。對了，你們是……班對？」

「妳說我跟她？」他指著快消失在門口的拉袖女；「不是，她是熱帶魚，是服務股長，快期末考了，她蒐集大家想要的筆記，印給需要的人。」

「她求人的時候，都喜歡拉別人的衣袖搖來搖去嗎？」

「是啊，她不管求誰都會。妳不覺得這樣很可愛嗎，像條熱帶魚游來游去的動作。」

「原來如此。」原來她不是女友。原來他覺得這樣可愛。

手機響起，他按下：「喂？嗯，馬上來。」

他轉身進閱覽室，拾起書本與背包跑出來：「和同學約好的讀書會已經遲到了，改天再聊。」

「呃，那個，你的手機號碼……」

「唔？」

「上次你說是代理別人參加聯誼，所以沒有留下手機號碼……」

「我的手機號碼，可能現在，這個，如果……」他突然支支吾吾，那個閃爍迴避的眼神第三度出現。「以後有機會再給妳好了。」

說完就閃人了。

什麼嘛，人家生平第一次鼓起勇氣跟男生要手機號碼的，竟然這樣被拒絕。

他明明不討厭我的吧，剛剛明明有說有笑的呀。真是太奇怪了。

也許，忽然想起他的女友韋蘋吧……

如果是這樣，那很好啊，證明我的眼光很好，他是個忠心的男生。

背影漸漸遠離，漸漸模糊。

擦擦，祝福你，希望你幸福……

學期接近尾聲，每科的教授都忙著趕進度、補課，班上每個人都忙著趕報告、借筆記、抱佛腳，一陣雞飛狗跳。

最後這兩個禮拜，只剩小天使還持續每天寄來關心的簡訊，提醒要注意健康；而我也只是簡單的用簡訊和她聊幾句而已。

聽說大部分的人在完成心理學報告後，就像詩雅說的，Game Over。有的人覺得自己與小主人的互動夠多了，就懶得再理小主人了。有的人更慘，沒遵守老師的規定，私自打探得知小天使是誰，發現不是自己的菜，還把自己的小天使嫌到一個不行，雙方甚至搞到翻臉。真不知她們的報告要怎麼完成。

因為忙碌，直到學期結束，都沒有再遇到文曲。

有時想起，就會拿出那兩條手帕，傻笑一下。

寒假在期末考最後一科的下課鐘聲響起時，倏忽到來。

返鄉的歸途，和曉雨相約同行南下。

在火車上我們聊班上的同學、還有這學期發生的趣事，兩人嘻嘻哈哈的。最後聊到寒假計畫。曉雨說子謙會來找她。

「到底妳和他和好了沒？」

「就算和好了，也不要跟他明講。」

「哎喲，心機好重喔。」我故意怪聲怪調調侃。看來她在感情方面，已不是剛開學時的那個曉雨了。

「當作讓他贖罪吧。」曉雨聳聳肩。

「不過妳別再怪他，兩個人在一起真心最重要，也許他之前沒有發現妳的好，現在知道珍惜了，那妳也該好好把握。有緣人能在一起不容易。」

「我知道。他現在對我很好。」她甜甜一笑。

「喲喲喲，恭喜老爺、賀喜老爺！令千金一臉幸福的準備出嫁好過年囉。」我怪聲怪調、搖頭扭腰地模仿古裝劇裡的媒婆。

她咯咯地笑彎了腰，大力推我：「壞竹子，胡說什麼。」

「以後可別只見新人笑，就沒聽到我這個老媒人在哭呀。」

「呵呵，妳這個老媒人被擦擦騎士載走了，哪還會哭啊。」

「……」

「怎麼啦，提到擦擦，不是應該很開心嗎？寒假應該可以約他一下嘛。」

「連個手機號碼都不知道，怎約？」

「他沒給妳？不會吧，看起來他應該喜歡妳才是呀。」

我把送他小公仔吊飾時，他奇怪的反應和婉轉拒絕我的情形說給她聽。

「唉唷，那這樣到底他是不是喜歡妳啊？」

「應該比較喜歡他的韋蘋吧。」

「可是，如果是這樣，他卻願意在醫院照顧妳？難道他有意劈腿？」

「若他真有意如此，我還不要。」

「我知道我知道，妳堅持原則，不做小三嘛。但是如果他和他的蘋果分手之後，妳也不願意和他在一起嗎？」

「如果是因為我，才讓他們分手，這樣和介入他們感情的小三有什麼不同。」

「妳就不能稍微衝動一點，爭取自己的幸福嗎？」

「衝動永遠比堅持來得容易，但是珍貴的東西是堅持換來的，而不是衝動。」

「唉，有緣的人卻不能在一起，好討厭。」

「自己再喜歡，也不能做傷害別人的事。」

「啊呀，我不要這種結局啦，這樣主竹好可憐哪。」她蹙眉撇嘴道。

「不會啦，暗戀的結局不是都是這種宿命嗎。」我苦笑。

「看別人幸福，再祝福別人嗎？那自己的幸福呢？」

「看到別人幸福，自己也一定會感染到幸福的感覺。」

真的是這樣嗎？其實這是第一次，對自己堅信的原則有所動搖。

整個寒假都很無聊。

除了跑去超商打工外，就是在家陪阿嬤聊天，或是陪阿嬤逛逛附近的老人公園。後來，連老人公園我也不太想去了。因為一堆老人家不是在唱卡拉ＯＫ，就是在聊是非、說長道短。見哪個老人的家人陪同來了，就把話題移到她子女兒孫身上。我就被他們當面這麼討論過：

「唉唷，阿秀呀，妳查某孫生作架呢水喲。啊是嫁了沒有？啥？還沒嫁？啊是放著在等漲價、還是等生菇啊？」阿秀是他們對阿嬤的暱稱。

「還沒交查甫朋友？是眼睛生在頭殼頂啊？」

「不趕快交，以後生不出來是要呷菜嗎？」

「介紹我孫仔給她認識好了啦，如果她不棄嫌的話。啥？什麼一百公斤的滴仔，嘜亂貢，他只有九十八公斤而已啦。」一邊說還邊打手機回家：「阿營啊，啊擱累睏喲？日頭夯卡噌了啦，快來公園啦，介紹一個水的給你作妻辣，緊來呀！」

「鈴啊，妳緊來造！」阿嬤這時把我拉到一邊低聲說：「她的孫仔又肥又懶又嘸頭毛，還比妳大漢十幾歲，妳緊造。」

所以我就先溜了，以免遭那位抱曾孫心切的阿婆的毒手。

打給曉雨想到台南去找她玩，她不是和子謙在逛街，就是正在聊電話。

那天晚上，清晨就早起作運動的阿嬤已經先睡了，我無聊至極，在網路上亂逛。忽然叮咚一聲，ＭＳＮ好友的某個人上線了，引起我的注意。

是小天使。

我馬上敲她。

「哈囉。小主人。」

「小天使騙小主人。」

「嘎？」

「妳說過，希望常在我心裏的，對不對？」

「嗯。」

「妳說過，有什麼心事都可以跟妳說的，妳忘記了嗎？」

「沒呀。」

「那妳這麼久沒來找我，怎麼在我心裏？我怎麼跟妳說心事？天堂也放寒假嗎？」

「哈哈。」

「之前問妳事情，妳也是忽然就不理我了，我還沒說妳哩。還有，上次在山上向妳求救，妳也沒來。是不是不要我這個小主人了？」

「小主人恕罪。」

「小主人快死了妳都不知道。」

「妳又生病了？要不要緊？」

「是無聊到快死了。」

「沒跟男友抱在一起？」

「哪來的男友呀？妳讓我抱吧。」

「妳不會是……」

「我不是。只是在想，如果妳是男的，我一定倒追妳。」

「……」

「哈哈，被嚇到了吧。誰叫之前問妳問題妳不理我。」

「因為突然發生了一件意外的事，所以必須先處理。」

「以後不管意外還是意內，都不許不理小主人，知道嗎？」

「嗯。」

「就算是開學後老師揭曉小天使的身分，我都還是妳的小主人，知道嗎？」

「為什麼？大家都說到時遊戲就結束了，不是嗎？」

「因為妳對我好，不是因為遊戲，我希望永遠都能擁有妳這位天使。」

「為什麼？」

「因為雖然不知妳是誰，但是妳的真心，我感受到。」

「為什麼？」

「因為知道妳不會嫌棄我。」

「為什麼要嫌棄妳？」

「妳不覺得我孤僻？孤傲？虛偽做作？」

「班上有人這麼說妳？我只覺得妳很孤單。」

「……」眼前忽然一片模糊，眼淚在我眼眶裡打轉。

「因為妳有與別人不同的過去，所以不容易打開心窗。」

「……」

「受了委屈也習慣自己吞，不容易找到人訴苦。」

「……」

「愈是這樣，就愈封閉，自己就愈辛苦。」

「……」我的雙手已經在發抖了。小天使真的在我的心裏。

「希望別人懂自己，也許自己要先試著懂別人。」

「……」我抓起書桌上的面紙，拭去淚水。

「哈囉，小主人睡著了嗎？」

「千萬人裡有一個人懂我，此生足矣。」

「所以如果有一天，我不在了，妳也要試著和別人交心，這樣才能過得很好。」

「妳就是因這樣，所以能知道我在想什麼？」

「打開耳朵，就能聽見那人的聲音，打開心窗，就能體悟那人的感受。」

「為什麼妳會不在？」

「明天的事，上帝旨意，誰能知道。」

「妳現在在哪裡？」

「我家。」

「妳家在哪？」

「一個大城市的小角落。」

「哪個城市？」

「高雄。」

「很好，我也在高雄。妳家地址給我。」

「妳想幹嘛？」

「我想見妳。明天一早就去找妳。」

「孫老師又還沒宣布揭曉。」

「報告已經完成了。」

「這樣沒有違背妳的原則嗎？」

「沒有，我堅持到報告完成了。」

「為什麼？」

「因為有一天妳可能會不在了，也許就是明天。」

「那只是比喻。」

「我不管，我覺得妳說的很對。」

「小主人很霸道喔。」

「不准閃躲，快說妳家在哪？」

「連我是誰都不知，就要到我家？」

「妳是誰？」

「妳覺得妳的小天使應該是誰？」

「不知道。」

「如果知道妳的小天使是誰，妳一定會很失望，就不會理我了。」

「不可能。」

「如果妳不理我，妳就耳朵變大、鼻孔向前。」

「變小豬？」

「總之，現在不是時候。時候到了，我自然會去找妳。」

「反悔的話妳也變成小豬。」

第十九話

開學後第一堂心理學課。

孫老師笑容滿面地走進教室，原本還在聊天的聲音馬上安靜下來。

「上個學期的第一節課，我們有約定，在今天揭曉小天使與小主人，對吧？」

有的人臉上寫著期待，有的人早已知道天使是誰，所以蠻不在乎。

「有的同學急於知道自己的小天使是誰，所以神祕感沒了，就無法投入，寫出來的報告我一看就知道。但是有的同學很認真在投入這個實驗，報告內容我看了很感動。今天我要請幾位同學來和大家分享心得報告，這幾位的分數我都給很高喔。」

第一個被點名上台的，居然是高英。他還是帶著一貫的酷屌臉步上講台，從老師手中接過他的報告。

「你的報告裏，對於小天使有很特別的體會，請向大家報告。」

「聽學長姊說，他們的心理學很簡單，就是上課、抄筆記、考試，只要不是太混，學分就拿到了。所以一開始我對於這個實驗，覺得很不爽，尤其是還要花心思關心自己的小主人，真是夠煩了。」高英撥撥額前的髮，連講話的語調都像殺手般冷酷；「後來，我陸續接到了小天使的關心，我猜她應該是女生，因為她很細心，知道我喜歡簡單，不喜歡煩，所以她的問候、關懷都是來得正是時候，而且告訴我的都很直接，所以很窩心。」

「喔──」全班發出驚嘆聲，酷哥高英居然用窩心這樣的詞，太令人意外。

「我是一個很容易生氣的人，她總是會在看到我生氣的時候，給我同理，我有時講話得罪人，她也會提醒我人緣的重要，讓我靜下心之後反省自己。因為小天使的啟示，所以讓我開始發現關心別人也是很有意義的事，我開始注意自己的小主人，不再冷漠以對。結果，我發現自己的小主人其實是個很有趣的人。」

高英還舉了幾個例子，大家都笑了出來。

「好，那大家一定很好奇他的小天使是誰了。」孫老師和大家一起為高英鼓掌，接著宣布：「但是我們還是要尊重小天使的意願。如果他的小天使願意現身，請在五秒內舉手讓我們知道是誰。」

大家一起倒數。我們知道的人都偷偷把目光移往坐在教室後面的芫媛。

平日粗枝大葉的她，有這麼細心溫暖的一面，很多人大概都會趕緊扶住眼鏡，以免從臉上跌下摔破。了解一個人真的要從心認識起，而非外表。

倒數結束，看到芫媛紅著臉舉手，教室裏又是一陣騷動，居然有人開始起鬨：「在一起！在一起！在一起！」

高英的臉因震驚而僵到硬化的程度，低聲咕噥：「煩死！竟然是……」

接著幾個被點名上台的人，也都有很溫馨的心情故事與體驗。

「下一位，左子謙。」

子謙上台的大膽分享，更是跌破全場眼鏡。

「我的小天使一開始就喜歡上我了。」一破題的這句話已使全班陷入瘋狂，叫囂驚喊聲一下子爆開。

他說一開始也喜歡上對方，但他誤以為自己的小天使是另一個女生，還在小天使面前訴說自己喜歡那個女生的心意，結果惹惱了小天使，也讓另外那個女生很為難，還把他痛罵一頓。

聽到他說另一個女生時，我低著的額頭已經快碰到桌面了。

後來經由那個女生的指引，他才知道小天使是真正對自己好的有緣人，所以，他很慶幸有參與這個實驗，因為他已經找到了真愛。

講到這，全班掌聲雷動，尖叫聲不斷。

「老師，那他不就違反規定，知道自己的小天使是誰了。」有人提出異議。

「我知道這個實驗要讓全部的人都遵守規定，不去好奇的打探小天使是誰，是違反人性的，所以給分的標準端看是否投入。左子謙都已經找到真愛了，你說他夠不夠投入？」

對於孫老師的解釋，大家都點頭。

「那麼，我們來倒數五秒。」

「老師，不用倒數了啦，大家都知道他的小天使是誰了啦，都已經是班對了。」

「那她至少舉個手讓我認識一下吧。」

曉雨嬌羞得咧，手舉得又柔又慢。

「下一位，廖曉雨。」老師抬起眼；「原來是前一位的真愛。」

全班哈哈大笑。

曉雨一上台就露出超可愛的招牌甜笑：「我一開始就喜歡我的小天使，因為我很感動，他注意我、觀察我、了解我，知道我最珍惜的是什麼。」

「平常小天使會關心我的生活、借我筆記，提醒迷糊的我，像個褓母一般隨時照顧著我。最令我感動的事，是他知道我最珍惜曾經擁有的浪漫感覺。」她將握在手中的洋裝打開；「這是我初戀男友送的生日禮物，因為一顆扣子掉了而覺得不完整，當時的我很懊惱，覺得回憶不完整了。但是當天晚上，這顆稀有的扣子就經由小天使的手出現了。雖然他說只是到士林夜市買到的，但我知道那是花盡心力找專人訂做的。」

「在這段實驗期間，我的小天使好像隨時都在身邊守護著我，讓從南部上來、從未離家生活的我很有安全感。還有，我抽到的小主人也是他，讓我浪漫地覺得彼此很有緣，也許我是因為這樣才喜歡上他的。」

「可是有一天，我發現我的小天使根本不喜歡我，他只是把我當作同班同學而已，而且還告訴我，他喜歡的人是我最要好的室友。」

「這讓我非常傷心，我認為我的室友背叛了我，甚至認為她表面上為我和小天使牽線，背地裏卻是偷偷搶別人男友的小三。」

「我的室友和我情同姊妹，為了這件事，我和她差點決裂。但是我這位姊妹馬上以行動展現她的心志，讓我知道這一切只是誤會。」

「這個實驗因為天使隱而未現，所以一定會有誤會發生的情形，也許，如何處理誤會也是我們在實驗裡該學習的。從我好姊妹破碎的家庭，我知道她最討厭小三，但是我還誤會她是破壞我和男友的小三。我不知這種傷害該如何彌補，內心對她一直很內疚，但是她，她……」曉雨說到這，竟開始哽咽起來；「她竟然跟我說對不起，明明、明明是我對不起她的啊……」

教室裡的氣氛因此有些變化，站在身後的老師靠過去輕撫她的背。「她常說，希望身邊的人都能幸福開心是她的原則，因為，看到別人幸福的樣子，自己一定會感染到幸福的感覺。所以她還想盡辦法幫我修復自己和小天使的關係。」

「和小天使的關係修好之後，我才發現，我喜歡的男生只是我的小主人，他並不同時是我的小天使。我的小天使原來、原來……」說著，她又激動起來，淚水在眼眶邊轉啊轉的；「是一直在我身邊的好姊妹。」

「她照顧我沒有任何理由，我卻只顧自己，沒有、沒有顧到她的感受，還誤會她……我、我好自私唷……」她已經抽泣到無法言語。

「沒關係，妳的心聲她已經聽到了，不是嗎？」老師拍拍她的背，「還有什麼想跟她說的？」

「對、對不起，主竹——」她衝過來抱住我。我含住淚，笑著說：「幹嘛，愛哭鬼，不是早就沒事了嗎？」

最後一個被點到名的，是我。

「我的小天使很神奇。她像真的天使一般，知道我的心事，能感受到我的感受，她有智慧，也有耐心，給我最好的建議和提醒，迷霧中給我指引，失望時為我打氣。」

「我不知道她是誰，也不知為何她知道我的事、為何這麼了解我，總是在我孤單的時候，適時出現她的訊息。也許她會讀心術，也許她有天眼通，彷彿駐在我心裏，與我的喜同喜、與我的悲同悲。」

「我的小天使像一個家人，像一個摯友，可以對她訴苦，可以與她分享喜悅，她不會把我的祕密向別人亂說，也不會吐我槽，總是靜靜聆聽，再回應我。我曾幻想，如果她是一個男生，我一定要愛上他。」

「我很幸運，受她照顧一學期。現在她就在你們之中，我要告訴大家的是，我們之中有這麼好的一個人，是我們的同窗同學。我想要告訴小天使的是：妳是我最好的知己，我很想認識妳。」

真的有這麼厲害的小天使？大家都睜大了眼望著我，充滿期待想知道是誰。

「唔，真的很感性，我也很想認識這位小天使。」老師的表情看起來很佩服；「因為這樣的人很適合從事心理諮商的工作。那，我們一起來倒數。」

大家似乎都懷著興奮一起倒數：

五。

四。

三。

二。

一。

每個人的目光都在掃來掃去，搜尋著舉起手的人是誰。

沒有……沒有……竟然沒有任何人舉手……

全班一片鴉雀無聲。眾人的目光又往我和身邊的老師聚焦。

為什麼……？

我的心從期待的巔峰，直線墜跌到極度失望的幽谷。

「看來這位小天使不想現身喔。那我們只好學習尊重囉。」老師拍拍我的肩；「我給妳的分數是全班最高的。」

「老師，妳、妳知道她是誰對不對？告訴我，拜託！」我快哭出來了。

「看來妳的實驗還沒結束喔。」老師搖搖頭；班上有人已經幫我出聲：「告訴她嘛，我們也都很想知道耶。」

「尊重當事人意願和保密，是諮商及社工人員的基本倫理。但是實驗已經結束了，所以還不知道的人自己找出小天使，再用心去發現小天使是什麼原因不想現身吧。」老師笑著搖頭說。

自己去找出小天使？

怎麼找呀？只好班上女生一個一個去問。

當天晚上，我們聚在寢室討論這個問題。

「班上每個女生的小主人是誰，我們已經造冊在這了。」詩雅把名單放在我面前。

「沒有一個人是妳的小天使。」

「該不會是遇到阿飄姊了吧。」芫媛拍胸口，向四周驚惶張望。

「為什麼妳會認為妳的天使是女生？」詩雅皺著眉問。

「因為…」我努力回想；「因為她約我在女生宿舍天台看夜景…」

「那她有出現嗎？」

「沒有。」

「那也許因為小天使是男生，所以才沒出現的吧？」

「哪有和別人相約在自己不能出現的地方？這太奇怪了吧。」

「不奇怪呀，這樣表示小天使是個很浪漫的男生呀。」曉雨提出看法，理直氣壯的我愣住，覺得果然有這個可能。

「可是，我以簡訊或ＭＳＮ和對方交談，都是用女生的她，對方從來也沒有告訴我應該要用男生的他呀！」

「那老師規定，小天使的身分沒到最後，要保密的嘛，所以他沒有告訴妳用錯字，也很正常啊。」曉雨分析道。

「那……如果是男生，會是誰呀？」愈聽愈覺得有道理，果真是當局者迷。

班上男生沒幾個。詩雅在紙上寫下所有男生的名字，然後把我們能確定小主人是誰的，用紅筆劃掉。

隨著名字一個一個被劃掉，我愈來愈緊張，小天使是男生，已經夠讓我意外了，現在這個男生是誰，即將揭曉。

眼看只剩下兩個名字。

一個是邵宣蔚。

「姊妹們，」詩雅露出詭譎地奸笑；「邵宣蔚的小主人是我，這是妳們早就知道的事了吧？」

「嗯。」曉雨、芫媛一齊點頭。

嘎！那剩下唯一的、最後的、沒有人確定小主人是誰的竟然是……

我不禁倒吸一口冷氣、倒退好幾步，踉蹌地跌坐在床沿！

「秦勝華！」詩雅大聲宣布！

華、華、華、華、華、華、……的迴音在耳邊空轉，我一定是被嚇傻了，全身只剩僵直和冰冷。

「哇哈哈哈……搞了半天，原來妳的小天使是秦勝華！」詩雅爆笑出聲，直奔床上翻滾不止；「哇哈哈……什麼心靈伴侶，什麼心有靈犀，根本全是踋屁秦裝的，哈哈哈……太好笑了，唉唷喂呀，肚子好痛，哈哈哈……」

「咳咳……」芫媛早已捧著肚子蹲在地上，笑到被自己的口水嗆到。

「不可能！不可能！一定有什麼地方搞錯了！」我的頭猛搖，完全無法相信這個殘酷結論。

「有可能是他！因為今天他又蹺課了，所以倒數後當然沒人舉手。」曉雨滿是同情地看著我。「看開一點吧，竹。」

怎麼可能是他……我喃喃自問。

直到三更半夜，她們三個都鼾聲連連了，這個問題還像黑膠唱盤跳針般重覆在我腦海。

我把和小天使互動的過程回想了一遍，怎麼想都覺得小天使不可能是他。

我再回想秦勝華這個人、和有關於他的一切。突然想到了一個人，我一定要跟這個人求證一下，才能死心。

這個人曾經提到說他知道我的小天使是誰，那時我因為小天使出現的太晚而生氣，還罵小天使是混蛋。

那時我正在幫曉雨送生日禮物給他。

一大早，我就拜託曉雨去找左子謙求證。他是秦勝華的室友，秦勝華是不是小天使，他應該知道，他也曾說他知道。

我在站大樹下，遠遠望著她站在男生宿舍門口，和子謙交談著。

幾分鐘後，曉雨返身朝我走來。我從她身後子謙的表情，已經知道答案。

「真的是他？」我忍不住叫出聲。

「是……他。」曉雨點點頭，語氣微顫。

這兩個字如同兩聲槍響，在腦門和心房上點染出暈眩的紅花。

這種答案，瞬間讓飄在空氣裡的懸念變成殘念，卻也讓困在謎霧中的迷茫得到光芒。

同時而來的兩種衝擊力實在太大，我的心臟無法忍受，伸出手想要扶住些什麼，才能避免搖晃感讓我往地上傾斜。

曉雨趕緊抓住我的手臂：「妳還好吧？振作呀……」

這是怎麼一回事……

是玩笑？還是事實？

是宿命？還是救贖？

我大力吸一口氣，蹲了下來，低著頭壓抑著快要突破一百二十的心跳時速。

「確定是他……？」

「應該是。」

我抬起頭：「應該是？那也就是說有可能不是？」

曉雨看著我，不語；但她的表情給的答案似乎仍然肯定是。

要振作，一定要振作。我再吸一口氣，努力站起來，開始整理紛亂的思緒，告訴自己要抬起頭，勇敢面對。

第二十話

叮咚。手機傳來簡訊鈴聲。

我按下閱讀訊息鍵。

「哈囉。小主人。」

曾經，多麼期待看到的訊息，現在，多麼害怕再看到它。

心臟狂跳，發抖的手趕快按刪除鍵，不然會窒息而亡。

叮咚。幾分鐘後又傳來：「小主人說過，以後不管意外還是意內，都不許不理小主人。」

蛤？有嗎？我有這樣說過嗎？可能是你記錯了吧。不回。

幾分鐘後再傳來：「我說過，如果知道妳的小天使是誰，妳一定會很失望，就不會理我了。」

何止失望，簡直絕望。不管他，當作沒看到。

之後，叮咚再來：「妳不理我，不怕耳朵變大、鼻孔向前？」

沒關係，打工賺錢，靠整形修回來吧。

幾分鐘後，叮咚又來了：「小主人真的不理我了？」

你就當作我已經死了吧，死了能理誰。

「現在是遇到鬼來電了嗎？整晚手機拿起、放下、拿起、放下，怎麼不回一下？」詩雅在一邊嘀咕唸著。

「都是——」都是妳害的，幹嘛把我的美夢無情的戳破！但是，畢竟是我自己拜託室友們幫忙找出小天使的，所以到口邊的怨言又急轉彎地吞回去。「都是廣告啦，煩死。」

「該不會是小天使的來訊吧？」她挑挑眉，表情曖昧又嘲諷。

「呵呵，呵呵呵，怎麼可能。」我用乾笑掩飾；「實驗都已經結束了，不是嗎？」趕快關機。

自從得知小天使是秦勝華後，我連去上課都提心吊膽，進教室前還得東張西望，深怕遇到他又被糾纏。

華岡的山風強勁，這消息被山風一吹，馬上被八卦化，傳遍全班全系：

「找到心靈伴侶了，好感動喔。」

「聽說秦帥早就對她有好感，經過一學期的努力，既然已經感動了她冰冷的心，兩人應該會正式交往吧。」

「不是已經交往一學期了嗎？早就知道小天使是秦帥了吧，幹嘛還假鬼假怪裝感動呀。」

「不是宣告不喜歡帥哥嗎？現在還不是愛的要死，太做作了吧。」

………

我的小天使是誰，干你們屁——屁股上面的脊椎的再上面的腦袋裡的思想什麼事呀！所以我在班上或有事到系辦公室，都不由得頭低低、眼垂垂，避免和別人的目光交接、也避免不必要的多談，深怕又成為恥笑的對象。

唉，再這樣下去，一定會得自閉症的。

這天下了課，詩雅和芫媛一如往常，各自尋找幸福去了。

原本和曉雨相約要下山去逛街的，在出門前她的手機響起，是子謙打來說有件事發生，一定要馬上當面告訴她。

「什麼事不能在電話裏說嗎？人家要跟主竹去逛街耶。」她面有難色。

能有什麼事要說？當然是我愛妳之類的甜言蜜語吧。可我怎忍心耽誤好姊妹的幸福，趕緊揮揮手，示意她只管去、別管我。

就這樣，我的小主人也離我而去。

我無聊至極，在校園裡踱著，腳步不聽大腦指揮似的，往圖書館走去。

熟悉的位置上，今天卻沒發現熟悉的身影，桌上連占位子的書本都不見。

是和他的蘋果在一起吧，我這樣想。

悵然若失，又踱出圖書館，踱到大雅餐廳吃飯。

落座後，才開始挾菜，就被前座那兩個人窸窸窣窣的聲音吸引。

兩個人膩在一起，挾菜互餵，不時調笑，看起來甜甜蜜蜜的，顯然是一對。

我可不是因為單身久了，變成噁心的偷窺狂，而是那個女生的聲音和背影，我還有印象，只是不確定她是不是……

正當我邊吃飯邊質疑自己的記憶時，他們先吃完，起身，轉身要離去。

兩人依偎在一起，那個女生還緊緊摟著男生的腰。

那個女生果然是韋蘋！

可是，那個男的不是文曲！

我含在嘴裏的飯差點噴出來——

兩人是分手了嗎？

是韋蘋劈腿嗎？文曲被矇在鼓裏？如果是這樣，他不是太可憐了嗎……

明明就有吻他的，怎麼這樣……

他是因為知道了，心情不好，所以今天沒來圖書館嗎……

這時的他最需安慰吧，畢竟他也對我很好。但，有什麼辦法能找到他，偏偏那時他不給手機號碼，唉。

我丟下索然無味的飯，起身跟在他們後面。

我想要確定的答案，於是默默跟著，出了校門往尋夢溪的偏靜小徑走去。

「喂，妳是江竹鈴吧？」身後突然傳來有人叫我的聲音。

我回頭，三個染髮、鼻珠、豎眉、怒目、像太妹般的女生站在身後。背脊一陣發涼，直覺來者不善，我小心翼翼回應：「妳們在跟我說話？」

「我問妳是不是江竹鈴？暱稱小鈴？」站在中間那一枚質問道。

「喔，不是，妳們認錯人了。」我轉身就想溜。

「等一下！」身後一個女生箭步上前超越我，拉住我的手臂，手中拿著幾張照片，眼神在手上和我臉上來回游移，然後大聲說：「明明就是她！」

我瞄了一眼她手中的照片，極度驚恐感像電擊一般轟得我一陣昏眩。

那是從踐屁秦部落格上翻拍的照片。

「妳這個臭三八、假掰女，上次已經在部落格警告過妳了，妳還敢繼續搶我男友？」站在中間看來像大姊頭的女生，一副興師問罪的模樣。

我記起來了，她就是那個自稱為非常女的女生！應該也是被踐屁秦列為花心名冊裏的一員。

「我沒有！我又不喜歡他！」

「沒有？為什麼會有為妳慶生的照片登在部落格上？為什麼他會說失意的時候妳是唯一跑到男生宿舍天台去關心他的人？」

這叫我從何解釋起？我連什麼時候被他的朋友偷拍了在擎天崗的照片都不知道，就不要說去部落格看他更新了啥米挖哥！

死踐屁秦爛東西，我會被你害死！

前面的韋蘋和那個男生已不見蹤影，後面又杳無人跡，在這偏僻的小徑上……

我努力壓抑心中恐懼，努力解釋給她聽，從一開始被踐屁秦糾纏、被大家誤會說起，一直說說說，說到上次被他騙去擎天崗、遇到A女、害我淋雨住院的事。

我愈說，愈害怕，因為她臉上始終浮著十個字：不信、不信、不信，鬼才相信。

「妳的故事去投稿，一定可以出書，因為只是虛構的小說吧。」

「什麼，我說的全是真的，妳們一定要相信我！」

「妳們給我抓花她的臉，扯爛她的頭髮，看她怎麼騷！」非常女命令道。

我用力甩開被抓的手，就往紗帽山方向跑。

高中時被假柔關在廁所裡欺負的陰影，又像佛地魔般再現！

為什麼這種驚恐噩夢會不時出現……

「啊——！」不知跑了多遠，其中一個女的追上來，一把就往馬尾辮抓，我頭皮一陣劇痛，不禁大聲尖叫，奮力掙扎，綁著的髮帶被她硬扯下來。

用力推開她，但披頭散髮的我，還是被隨後追上來的非常女摑了一巴掌，左頰馬上像被火燒般灼痛。

「夠了！」我憤怒斥道；「我說我不屑跟妳那個爛男友在一起，妳又不信，這樣欺負人是怎樣，要是再亂來，信不信我男友給妳們好看！」

圍著的三個人想不到我會反擊，頓時傻住，不過非常女馬上又目露凶光：「我就不信妳有這種男友，叫他來呀！」

「妳說的！」我從口袋取出手機，按進電話簿。

天啊，臨時哪裏生出男友來？

天啊，誰來救我呀！

「嘿嘿，妳的電話簿裏，好像都是女生嘛！」非常女死盯著我的手機，見我拉上拉下，都沒有男生的名字，顯然已經看破我的虛張聲勢。

「囉嗦，男友當然是用暱稱啦！」在六隻眼睛的瞪視下，我只好點選「小天使」按出撥話。

這個號碼自從輸入後，只有傳簡訊而已，從來沒有通過話。從知道小天使是踐屁秦後，也再沒有使用過。現在撥過去，如果踐屁秦接起來，我打算把他痛罵到耳膜穿孔。

「喂？」接起來的聲音是不是踐屁秦，我已經緊張到無法分辨，此時有人聽到我呼救，就像在驚濤駭浪中抓到一根浮木般，聲音忍不住哽咽：「小天使，我快死了，快來救我！」

這句話和詩雅要我用來誘騙小天使現身的簡訊內容一樣，想不到現在居然真的用上，而且真的覺得自己快被嚇死了。

「妳在哪？」

「尋夢溪。」

「冷靜。等我。」電話切斷。

我強作鎮定：「他要來了，妳們完了。」

「哼，就等妳一分鐘，跟妳賭來的就是我男友秦哥！」

三個人像餓狼瞪著小雞般斜睨著我；每一秒都像一年般漫長。

「一分鐘到，誰來了？」非常女瞄了一眼腕上的錶。

我心裏暗罵自己白痴，上次在擎天崗已經見識過踐屁秦的俗辣個性，現在還找他求救，不是請鬼領藥單嗎，唉……

「啊——！」她又一把抓起我的頭髮，我痛得尖叫。

「死小三，竟敢騙我！」她舉起手又要甩我耳光。

「喂！妳們在幹嘛！」身後一個低沈的聲音突然冒出。

我們回頭——

是他！

我掙脫非常女的糾纏，跑到他身後躲著，全身不自覺顫抖不止，眼淚不爭氣地流了下來。

他右手拿著一支劍道竹劍，有節奏地往自己左手心擊，發出啪啪的聲響。

「三個欺負一個，沒什麼江湖規矩嘛。」

「她是你誰？干你屁事？」

「她是我女友，妳說有沒有我的事？」

我、我是……是你女友……？我怔住。她們也怔住。

非常女面對這意外，有些措手不及，只得惡狠狠說：「那怎麼不管好，讓她跑來勾引別人的男友！」

「是妳管不住妳那隻花心的男友吧！」

「我男朋友花心？」

「妳什麼名字？連自己男友花不花心都不知道，混什麼學校的？」竹劍擊掌聲的節奏愈來愈大，他的聲音愈來愈沈；「妳們是誰把我女友搞到披頭散髮的，這帳該怎麼算？」

「哼！我搞清楚再說。」她們三個互望一眼，非常女悻悻然帶隊離開。

見她們走遠，我再也忍不住，靠在他懷裡，放聲大哭。

哭到抽咽不止，哭到淚流不停，哭到聲嘶力竭，哭到無法睜眼。

不知為何是現在，就是想把剛才所受的委屈、多年來的委屈、被人誤會曲解的委屈，全部發洩出來。

他輕擁著我，輕拍我的背，輕聲說：「都過去了。過去了，就會好了。」

他懷裡橘子的香味，背上的輕撫，讓我逐漸平復下來。

我的哭泣慢慢停止，好希望全宇宙就在這一刻停止。

但是我忽然想起剛剛他說：「她是我女友」，不禁羞赧地輕輕退後半步。

深遂清明的瞳眸凝視我：「好一點了嗎？」

我點點頭，接過他遞上來的手帕。藍白相間、有橘子香味的手帕。

「謝謝，還好你經過。」這是怎麼樣的緣分，讓他第二次救我。

他垂下了眼神，輕聲道：「其實……」

口袋裡的手機這時響起。

我說啊，這世上最方便的東西就是手機，但是，最可惡的東西也是手機。現在的人太習慣使用它、讓生活太倚賴它，實在不是一件好事。尤其是接手機的時機，有人在路上騎車，手機響了，就非得馬上接起來聽不可，結果變成邊騎車邊講手機。萬一因此分心撞了人或被人撞，成了植物人，看這接手機要付出的代價有多大？

所以接手機的時機真是太重要了，正在處理重要的事、或面對重要的人時，絕對不要接！就算它響到爛、響到燒瞎，也不要接！

口袋裡的手機響起，我真後悔當時馬上就接起。如果時光能倒流，我絕不再在這個時間點上接它。但我接了，在面對重要的人時接了：

「喂，曉雨？」從來電顯示知道是曉雨打來的。

「竹，妳在哪？」她的語氣有些急促。

「什麼事嗎？」我有點希望她趕快講完，因為現在，我有好多話想跟眼前的他說。

「我們發現了一個天大的祕密，一定要告訴妳。」

「那，晚一點回寢室，再告訴我。」

「妳一定很想現在就知道！我告訴妳喲，妳的小天使名義上是踐屁秦，其實是誰妳絕對猜不到！」

「唔？妳在說什麼？」

「上學期抽小主人的那堂課，踐屁秦蹺課沒來，所以，當時沒有人抽到妳，結果老師就把唯一沒來上課的他，和唯一沒被人抽到的妳，配成一對。」

「所以，我的小天使就是他，沒錯啊。」

「可是，踐屁秦很爛呀，他根本不知道自己的小天使是妳，老師透過班代告訴他，他也沒放在心上。後來，經由室友提醒，他還不屑玩這個遊戲。所以，一次也沒關心過妳。」

「我知道啊，他只有害我而已，而且都沒人理我。咦，不對，那後來……」

「結果，後來是誰頂替他傳訊給妳？是他的室友！」

「什麼！怎麼可能？」

「妳還記得我們在討論寢室聯誼時，曾提及子謙的室友嗎？他的室友除了踐屁秦、郭倍以外，我不是有提到一個別系的男生嗎？」

我記得，那時曉雨撞見我和踐屁秦出入星巴克，還誤以為我和踐屁秦交往。

「妳是說，我收到的簡訊、在ＭＳＮ和我對話的，都是他那個室友？」

「他是誰妳知道嗎？就是妳的擦擦，文曲！」

我握著手機的手，從耳邊垂下，曉雨還在嘰嘰喳喳說些什麼，已經無法穿透耳膜。耳膜已經嗡嗡作響，因為震驚。

我抬起目光，瞪著眼前的他。

他原本溫柔的目光，開始飄移、迴避；這是他第四次這樣。

我也終於明白為何他會這樣。

「剛剛接電話的是你？你不是剛好經過？」我的聲音變得很粗，連自己也嚇一跳。

「為什麼不敢看著我？」

「因為妳……生氣了。」

「可惡！」衝上去揪起他的衣領，這才發現他的左臉頰有一大塊可怕的瘀青，但我怒火中燒，沒心情關心他。「為什麼要騙我？」

「因為、因為……」他的衣領被我揪住猛搖，整個人晃得說不出話來。

「因為欺騙人家的感情很有趣嗎？欺騙人家的信任有什麼好處？幫那個爛人有什麼好玩的？為什麼要串通秦勝華來騙我？」我氣極敗壞，連珠砲般大聲質問，然後用力推開他，掉頭跑開。

我恨自己的脆弱。

迎著風，跑回宿舍，淚水在風中又從眼尾飛開。

「對不起……」身後傳來他的喊聲。

「如果知道妳的小天使是誰，妳一定會很失望，就不會理我了。」

我終於明白他這句話的意思。

「到底是怎樣了啊？」整個晚上，曉雨纏著我一直追問。

我始終臭著一張臉不回應。

我怕自己一提起，好不容易鎖住的眼淚又要掉下來了。

被自己暗戀已久的男孩保護，本來是很幸福的事，但馬上就得知殘酷的事實，在被他第一次抱住後，就狠狠把他推個踉蹌，這個結果……唉。

「那麼好的男生，為什麼妳還不開心？」

「哪裏好？我討厭欺騙。」我終於出聲。

「他只不過是沒告訴妳他是誰而已。在最後揭曉前，小天使的身分要保密，這不是老師的規定嗎？」

「他為什麼要和踘屁秦串通，幫踘屁秦騙我的信任？」

「串通？他哪有幫秦勝華？妳在說什麼？」曉雨把椅子拉過來坐在我身邊；「文曲對於踘屁秦自以為是情聖、見一個愛一個，經常玩弄女生感情的行為非常反感，經常勸他，但是踘屁秦依然故我，所以他平常是根本不跟踘屁秦說話的耶。」

「妳不是說他是踘屁秦的室友？」

「但我沒有說他和踘屁秦串通、幫踘屁秦騙妳吧。」

「那他為什麼要冒充踘屁秦，以小天使的身分和我聯絡？」

「因為他聽說大家都有小天使關心，只有妳被分配給踘屁秦，已經很可憐了，後來又聽說踘屁秦的自以為是，帶給妳很大的煩惱，加上子謙那一陣子喜歡妳，經常提起妳，就讓他覺得應該幫助妳。」

「妳怎麼知道的？」聽到這，我的心開始揪起來，而且愈來愈緊。

「子謙告訴我的呀，我們下午本來要去逛街，我不是臨時接到子謙的電話嗎？他知道我跟妳是好姊妹，就是要告訴我這件事呀。他下課後回到寢室，居然看到文曲和踘屁秦在吵架，他說平常和文曲相處，覺得他超耐斯的，而且講話溫和有禮，居然會和踘屁秦大吵，把他嚇一大跳；」曉雨學子謙講話的表情和動作；「更誇張的是，吵到一半，踍屁秦居然動手打了文曲一拳。」

「啊！為什麼吵架？」

「還不是為了妳！因為文曲無意中看到踍屁秦又在部落格寫一些對妳表白的心情，終於生氣了，就指責他，想不到踍屁秦見笑轉生氣，兩個人就吵起來了。這些我不是在電話裡跟妳說過了嗎？」

「吵就吵，幹嘛打人？」我想起文曲臉頰上那塊可怕的瘀青，心，好痛好痛。

「文曲唸法律的，用道理吵架，踍屁秦吵得過他嗎？惱羞成怒之下，當然動手了，要不是子謙拉開他，他還想拳腳都來咧，這些我電話裡也說過了呀。」曉雨不可置信地看著我問：「那時候妳在哪裏呀？」

「我、我在⋯我在對他發脾氣⋯」

「對誰？」曉雨無法理解，還在消化這句話的意義。

我已經迫不急待再問：「那然後呢？然後呢？」

「文曲就任由踍屁秦大罵，不還手也不還口，突然他的手機響了，子謙說他只說了：『冷靜。等我。』，就抄起他在劍道社練習用的竹劍，像一陣風般衝出去了。」

完蛋了。

一切都完了。

細心呵護、珍惜若寶的暗戀，已經看見黎明的幸福曙光射在身上，我卻愚蠢地把它推倒、毀掉、躲開。

一個暗夜抱義而行的良善之人，他注意著我，給我的關心問候，為我做的一切，都是真心的，默默的，不求回報的。

他是真正守護著我的小天使。

為我遮風擋雨的他，我卻連解釋的機會都不給的他。

鎖得住傷心的眼淚，鎖不住懊惱的眼淚，從眼角、鼻頭湧出。

曉雨怔住，整個晚上她都在莫名其妙中度過。

我哭了一會兒，覺得讓曉雨一直不知所措也很對不起她，就把下課後遇到的事，從大雅餐廳遇到韋蘋說起，一直說到自己把文曲推到他差點摔倒……一說完，眼淚又不聽使喚地落下。

曉雨聽我說完，也不由得目光低垂，搖搖頭：「感情，真的容易讓人意氣用事、失去理智。」

最終話

半夜裡，上鋪和鄰鋪傳來室友的鼾聲。芫媛白天不知在美食社吃了什麼好料，還頻頻說著「歐伊細」、「續杯」之類的夢話。

有夢真好。

原來也有夢的我，現在完全睡不著。因為愚笨到告訴自己好夢非真，現在想回到夢境，已經回不去了。

和文曲相遇的每一次，都是那麼神奇。

他注意到我，除了純粹的善意，沒有其他多餘目的。藉由一條手帕，我也因此注意到他，開始尋找他的身影。

他不知我是誰，不知我的外表如何，卻知道室友的同學有一個叫江竹鈴的女生，經由室友的聊天話題，經由敏銳的洞悉力與同理心，愈來愈了解她。

我不知他是誰，因為陌生的隔閡，只能從他的外表、舉止以及他的善意，想像他是怎樣的男生。

如果不是那次的寢室聯誼，也許我們就這樣，只知道彼此的存在，不知道彼此對對方的感覺；就這樣曾在人生的道路上擦肩而過，沒有更進一步的交集。

現在的我，躺在床上想著他的好。現在的他，是否在噩夢中看到我的糟。最美好的戀情，裝不下一點點的猜忌。

叮咚。

我爬下床，取出外套裡的手機，打開簡訊。

「對不起，沒有早一點讓妳知道我不是妳真正的天使。對不起。」

是他是他是他是他是他是他是他是他！

天啊！我的心頭猛然狂跳。

我抱著手機快速跳回床上坐著，屈起膝，馬上輸入：「是我不對，不該錯怪你。該說對不起的是我，對不起對不起對不起對不起對不起。你才是我真正的天使。」

還沒來得及傳過去，對方又傳來：

「我真的沒有與什麼人串通，也從來沒有要騙妳的意思。」

我馬上按 Send 鍵。

才傳寄不到兩秒，他已經傳來第三通：「傷害了妳，真內疚。妳已經知道小天使是誰了，我也該消失了。保重。」

不可以！不可以消失！

我心急如焚，連忙輸字，愈急愈慌，還一連打錯好幾個字。終於，我決定放棄傳簡訊，直接跳下床，躡手躡腳跑到走廊上，直接按下通話鍵。

等了彷彿十年那麼漫長的十秒鐘。他終於接起來。

「喂？」聲音很輕，就像那句「要勇敢喔」一般輕而有力。

「是我。」

「是妳？怎還沒睡？」

「一直沒睡。」

「早點睡對健康比較好。」

「為什麼要想到我的健康？」

「因為……妳今天哭過。很傷細胞的。」

「如果你消失了，我的細胞會受傷更多。」

「……是該消失的時候。」

「不要走。」

「我不是妳們班上的，不應該未經勝華同意，扮成妳的小天使。」

「是不是我們班的根本不重要，你是對我很好的小天使，這才是最重要的。」

「這樣的話，勝華不會原諒我的。」

「我不想理他。如果你走，我不會原諒你。」

「……」

「我想你。」

「……」

「我想見你。」

「……」

「我現在就想見你。」

「……」

「你是小豬。」

「……我是小豬？」

「你說過，時候到了，你要來找我。」

「……」

「現在就是時候。我們講好的，不來就你就是小豬。」

從來不知道華岡的深夜星空，是如此靜謐美麗。
溜出大慈館，偷偷爬上大典館，一推開天台的門，是無盡的穹蒼星幕迎接我。
我走近那個身影。
他靠坐在小牆邊，仰望著星空。
我在他身邊坐下。
「妳看，好熱鬧。」他指指天空。
「嗯。」
「它們彼此之間的距離都好遠好遠，但是，只要願意把內心的光芒發射出來，其實都可以看得到對方，感覺又好像好近好近。」
「嗯。」
「妳也這麼認為？」
「嗯，小天使說的話，我一直都很有同感。」
他望向我。
「小天使，你好，我是小主人，我叫江竹鈴。」我伸出手。
他的小虎牙在笑容中露出來了，輕輕握了握。「我是小天使，我不是秦勝華。」

「咦，那你叫什麼名字？」

「我叫文曲。文章的文，樂曲的曲。跟天上的一顆星星同名同姓。」

我忽然想到什麼，立刻大笑、笑到彎腰，笑到眼淚都流出來。

「我的名字很好笑嗎？」他滿臉疑惑。

我極力抑制自己的笑：「我記得第一次，看到你們班那個會搖人衣袖的服務股長，在雜貨店門前叫住你的時候，我聽到她叫你、叫你，哈哈哈哈……」

「叫我什麼……我記得她習慣叫我曲曲。」

「我站在很遠，聽成蛆蛆！哈哈哈哈……」

「這……哪有人取名字叫蛆蛆的，妳不覺得奇怪嗎？」

「有啊，我覺得奇怪，所以認為自己一定是聽錯了。」

「嗯。」

「後來我想，我應該是把雞雞聽成蛆蛆了！哈哈哈哈……」

他的臉霎時紅成柿子。「妳這個小惡魔。」

「喂，我問你，你第一次怎麼知道把信放到我的課本裏的？」

「信是我寫的，但不是我放的，因為我不知道妳的長相，也不知妳會在哪裏出現，所以我跟子謙說，那是妳的小天使秦勝華寫的。他就幫我放進妳的書裏了。」

「那個音樂盒，也是這樣？」

「子謙很古意的。」

「可是，你又是怎麼知道我們在舞會上的事呢？那時，子謙應該也在舞會上呀，他不可能跟你作實況轉播的吧。」

「妳們系上的舞會辦得很熱鬧，我吃完晚飯要回圖書館，經過興中堂，順道進去看熱鬧，聽到人群中妳們班的兩個女生在討論妳的事，雖然不知道妳是誰、不知妳在哪裏，但我知道，我視作小主人的女生是有愛心、很善良的人。」

「那你約人家看夜景，自己卻躲著不出現？」

「那時子謙很喜歡妳，經常聽他和郭倍在閒聊時提及妳在班上發生的事，也注意到秦勝華對妳的無禮。當時覺得很同情妳，覺得妳一定受了很多委屈，心情一定很糟，所以才想到自己心情不好的時候，總是會來看星星和燈海……」

「所以當時我在大慈館，你是在這裏？」

「嗯。」

「可是，子謙怎麼會知道我的心情？」

「子謙當時喜歡妳，但是曉雨喜歡他。所以她會經常找子謙聊班上同學的事，聊身邊的好友的事。妳不是她的好姊妹嗎？她有在關心妳的。」

「原來如此，看來你對於我們班的人和事，還蠻了解的嘛。」

「……妳是說我太無聊？」

「我是說，你以後就不要再說你不是我們班的人，要消失什麼的。我不准唷。」

「……」

「答應小主人？」

「唔。」他靦覥地點點頭，目光又開始飄移。

我好喜歡他這種表情。

「你在士林的速食店裡遇到我時候，是你第一次知道子謙他們口中的江竹鈴是長這樣吧？」

「是啊，想說哪來這麼巧，完全出乎意外的發現，嚇得我不知該怎麼辦。」

「嘻嘻，後來我送你那個手機吊飾，你還以為我已經發現了你扮小天使的事，所以很心虛？」

「那時已經在想，是不是該消失了。」

「喂，還記得嗎，我曾經問過你，偷偷喜歡一個人，卻不知道他的名字，要怎麼辦？」

「嗯啊。」

「你記不記得，我還曾問過你如果自己喜愛的人已經被別人先愛走了，該怎麼辦？」

「有啊，我還告訴妳，相信若是有緣，一定會相遇，一定會在一起。」

「嗯，我相信你的話，一直都相信，所以我也相信，有緣的人一定會再相遇。」

「真的？那很好。」

「就像我在擎天崗遇到你一樣？」

「那天我白天為了觀察藍鵲的活動，跑到擎天崗，拍照拍到很晚才心滿意足騎車要回學校，卻碰到在雨中獨行的妳，要說很有緣，也是真的。」

「我說啊，你為什麼要在醫院照顧我？」

「後來在手機裡發現妳的那通簡訊。」

「小天使，可以來救我嗎？」

「嗯。」他凝望著我；「我才知道原來妳又被人欺負了。不知為什麼，就是想要在妳身邊照顧妳，但是我沒有別的目的唷。妳不會覺得我雞婆吧？」

「我喜歡當俠女，你喜歡當俠士，這樣很好呀。」其實我多麼希望你當時有別的目的。

「我沒這麼偉大啦。」

「我也是很平凡的女生。」

「喔，聽說妳在班上很紅的，是話題人物呢。」

「我一點也不希望成為話題人物。」

「那妳的希望是什麼？」

「我的希望都很簡單，」我也凝望著他的瞳眸，這麼近，這麼近；「希望我偷偷喜歡的那個人，能牽著我的手。」

他站起身，又想迴避我。

「妳不是說不知道他的名字？」

我也起身，和他還是很近：「現在知道了。他叫雞雞。」

他羞紅了臉，笑出聲：「不要亂叫啦。」

「雞雞能不能牽我的手？」

「不要亂叫啦。再亂叫我要去改名了。」

「記得嗎，你曾說過，有機會要告訴我你在班上的外號？」

「嗯。」

「我猜，你的外號就叫小雞對不對？」

「他們亂叫的啦，妳別學他們。」他靦覥地苦笑，模樣好可愛。

我直接把手放進他的手心。他很自然地握住；緊緊的，溫熱的。

我望著他臉頰上的瘀青，伸手輕輕撫觸：「很痛嗎？」

「不會。」

「害你受傷。」

「不是妳害的。換成是妳，妳也會制止傷害別人的行為，不是嗎？」

「嗯，你好像很了解我。」

「我……我猜的。」

「每次都猜對？」

「……也不全是猜的啦。」

「因為很了解我？」

「嗯。」

「這樣說起來，我們好像共同經歷了很多事？」

「嗯。」

「那你是什麼時候發現我偷偷喜歡的人，是你？」

「和妳ＭＳＮ的時候。因為妳提到韋蘋偷吻我的事。」

「所以，你發覺我在暗中觀察的人，是你？」

「嗯。」

「但你不知如何面對這個突如其來的狀況？」

「嗯。」

「你知道如何了解我，卻不知道如何回應我？」

「嗯。」

「那韋蘋為什麼要吻你？」

「她失戀了，找我談心，我跟她聊了一個下午。她很感謝我，就……」

「我一度以為，她是你的女朋友。」

「她不是，她從小在國外長大，回來後還是有些在國外的習慣動作。而且她後來也找到適合她的男友了，現在很幸福呢。」

「我知道，我在尋夢溪時就是看到她很幸福。那你呢？你的幸福在哪裡？」

「我……為什麼想知道？」

「因為我的希望。」

「妳的希望是，看到別人很幸福，自己一定能感染到幸福的感覺？」

「但現在，我不要感染別人的幸福。我希望感受自己的幸福。」我凝望著他的眸。

「嗯？妳的希望是什麼？」

我閉上眼，踮起腳尖，親他的唇。

他微微顫抖，「妳……」

我另一隻手伸向他的後頸，把他的頭壓向自己，讓他的唇蓋在我的唇上。

一陣天眩地轉。

我快喘不過氣，才放開他。

睜開眼，發現天光已現，黎明的晨晞微微從東方射出，映在他好看的側臉上。

「還記得嗎，我曾問過你，是不是覺得我很醜？」

「我說不會啊，我說，妳和妳的室友都很可愛。」

「我今天還是很可愛嗎？」

「不，妳今天很美。」

「為什麼不一樣了？」

「因為妳的長髮放下來了，不再是馬尾。」

「那以後，你來找我的時候，我都放下長髮好嗎？」

他點點頭，露出小虎牙，笑著。

要青春04　PG0929

要有光
FIAT LUX

誰是我的守護天使

作　　者　牧　童
責任編輯　林千惠
圖文排版　陳姿廷
封面設計　王嵩賀

出版策劃　要有光
製作發行　秀威資訊科技股份有限公司
114 台北市內湖區瑞光路76巷65號1樓
電話：+886-2-2796-3638　傳真：+886-2-2796-1377
服務信箱：service@showwe.com.tw
http://www.showwe.com.tw
郵政劃撥　19563868　戶名：秀威資訊科技股份有限公司
展售門市　國家書店【松江門市】
104 台北市中山區松江路209號1樓
電話：+886-2-2518-0207　傳真：+886-2-2518-0778
網路訂購　秀威網路書店：http://www.bodbooks.com.tw
國家網路書店：http://www.govbooks.com.tw
法律顧問　毛國樑　律師
總 經 銷　易可數位行銷股份有限公司
地址：231新北市新店區寶橋路235巷6弄3號5樓
電話：+886-2-8911-0825　傳真：+886-2-8911-0801
e-mail：book-info@ecorebooks.com
易可部落格：http://ecorebooks.pixnet.net/blog

出版日期　2013年9月　一版
定　　價　260元

國家圖書館出版品預行編目

誰是我的守護天使 / 牧童著. -- 一版. -- 臺北市 : 要有光, 2013. 09
面； 公分
ISBN 978-986-89128-8-5 (平裝)

857.7　　102007296

讀者回函卡

感謝您購買本書，為提升服務品質，請填妥以下資料，將讀者回函卡直接寄回或傳真本公司，收到您的寶貴意見後，我們會收藏記錄及檢討，謝謝！

如您需要了解本公司最新出版書目、購書優惠或企劃活動，歡迎您上網查詢或下載相關資料：http:// www.showwe.com.tw

您購買的書名：________________________________

出生日期：________年________月________日

學歷：□高中（含）以下　□大專　□研究所（含）以上

職業：□製造業　□金融業　□資訊業　□軍警　□傳播業　□自由業

□服務業　□公務員　□教職　□學生　□家管　□其它____

購書地點：□網路書店　□實體書店　□書展　□郵購　□贈閱　□其他

您從何得知本書的消息？

□網路書店　□實體書店　□網路搜尋　□電子報　□書訊　□雜誌

□傳播媒體　□親友推薦　□網站推薦　□部落格　□其他________

您對本書的評價：（請填代號　1.非常滿意　2.滿意　3.尚可　4.再改進）

封面設計____　版面編排____　內容____　文／譯筆____　價格____

讀完書後您覺得：

□很有收穫　□有收穫　□收穫不多　□沒收穫

對我們的建議：________________________________

____

____

____

請貼
郵票

11466
台北市內湖區瑞光路 76 巷 65 號 1 樓

秀威資訊科技股份有限公司　　收

BOD 數位出版事業部

....

（請沿線對折寄回，謝謝！）

姓　　名：＿＿＿＿＿＿＿＿　年齡：＿＿＿＿　性別：□女　□男

郵遞區號：□□□□□

地　　址：＿＿＿＿＿＿＿＿＿＿＿＿＿＿＿＿＿＿＿＿

聯絡電話：(日)＿＿＿＿＿＿＿＿(夜)＿＿＿＿＿＿＿＿

E-mail：＿＿＿＿＿＿＿＿＿＿＿＿＿＿＿＿＿＿＿＿